アキテーヌ公 ギヨーム九世

最古のトルバドゥールの人と作品

中内克昌

九州大学出版会

目次

はじめに

　フランスの中世時代を、全体的に均質なものとして考えてはならない。八世紀から十五世紀までには、社会や文化の構造はすっかり変わっているし、多様な局面を呈し、しばしば矛盾した要素をも含んでいるのである。従って、中世というのはどんな問題にせよ、一般化したり、断言をもって論ずることのむずかしい模糊とした時代なのである。

　フランスを「南部」と「北部」とに分ける伝統的なとらえ方は、中世以来のものであり、それは南北両地域の社会的文化的偏差にもとづくものであった。言語についてみると、八世紀の頃からロワール川の流域を境として北と南で、ガロ＝ロマン語の方言群が異なった形でまとまりをみせ始め、北部のオイル語に対し南部のオック語と総称される二つの言語圏を形成する。(1)これが南北それぞれの社会的基盤と相まって、両者の異なった文化圏を現出するのである。

　十一世紀から十三世紀にかけて、オック語は民衆語として他言語に先んじて、独創的なすばらしい文化を生み出し、南部フランスはヨーロッパにおける文芸の先進地域となった。この栄光の担い手であるトルバドゥールたちが用いたオック語は、《koinê《コイネー》》と呼ばれる共通の文学語で、ある期間をかけて詩人たちが試行錯誤しながら練り上げたものと思われるが、それはポワトゥー、リムーザン、オーヴェルニュ、ギュイエンヌ、ガスコーニュ、ラングドック、プロヴァンスなど、どの地方の南部人にも理解されるものであった。その語や書法、綴字上の諸原則など、ギヨーム九世においてほとんど確立しており、そのまま大した変更もされずに、彼に続く詩人たちに受け継がれている。ちなみに北部のオイル語の方は、九世紀半ばの『ストラスブールの宣誓』[2]の中でその最古の姿が認められるが、他の多くの方言に対して、イル=ド=フランス地方の方言が十二世紀頃から主導権をとりはじめる。[3]

文学上の趣味において、当初南部と北部ではその差は歴然としていた。アキテーヌ公ギヨーム九世が詩作活動を始めたと思われる十一世紀末から十二世紀前半にかけての頃、南部の貴族たちが、高度な芸術形式によるさまざまな愛を基調とする詩歌を持てはやすようになっていたのに対し、北部の上流社会の人びとが精神的な糧としていたのは、宗教文学に属する聖者伝や、騎士的キリスト教的理想をかかげた武勲詩であった。もともと開放的で、宗教や制度の枠組にはめられるのを嫌う土地柄の南部では、貴族たちは平和の訪れと経済的発展により物心両面でゆとりができると、粗野で好戦的だった過去から脱して、アラブやオリエントとの接触などで学んだ、より洗練された生活の楽しみ方を詩歌の中に求め、そこで遊びとしての新しい男女関係を築こうとしていた。それに対し、キリスト教と封建的精神が強く根付いていた北部の上流社会では、慢性化した戦争状態のため財源は枯渇し、社会的交流もままならぬ中で、より高い精神性をもった、士気を鼓舞してくれるような、健全で力強い文学が求められていたのである。

今日われわれが知るところの「最古のトルバドゥール」ギヨーム九世（一〇七一―一一二六）より以前に、彼に技法など伝えた先達となる詩人たちがいたことは、間違いないであろう。職業人としてのトルバドゥールは、北部や南部の各地をさすらい、城や町の広場、縁日など盛り場に現われてなにがしかの報酬のため、いろいろな芸をして見せたり歌ったりしていた大道芸人《イストリヨン》、無言道化役者《ミーム》や、ジョングルールと呼ばれる歌手兼音楽家たちと同じ系統に属する。南部の創意とされる恋愛抒情詩の発生・成立の問題については、これまで自然発生説から、大衆舞踏歌または農民歌起源説、ラテンもしくは宗教的伝統説、また特にアラブ詩起源説など、さまざまな主張がなされてきた。しかし、ギュスターヴ・コーアンも、「それは山腹から湧き出る泉のようなもの、そのもととなる水しずくの道筋をたどって行こうとすると、必ず神秘の壁が前に立ちはだかる」[4]と言っているように、この複雑な現象は、一つだけの原因を持ち出して説明がつくものではあるまい。ただはっきり言えることは、当時北部に先んじて南部地方では、この新しい文芸を育て開花させるだけの、社会的精神的風土と条件がそなわっていたということである。

ギヨーム九世の宮廷よりもやや遅れて、リムーザン地方でもヴァンタドゥールの城館で、抒情の調べが聞かれるようになっていた。その城を文芸の中心地として栄えさせた当主の子爵エブル二世（一〇九六－一一四七）[5]も、ギヨームに続く最古のトルバドゥールの一人であり、その詩業に対する世の評価は主君のそれに劣らなかったと伝えられている。しかし、その作品は亡失して、今日一篇も見ることができない。彼の城で生まれ育ち、恋のうたい手として頂上を極めたベルナール・ド・ヴァンタドゥール（一一二五頃－十二世紀末）には、四十余篇にのぼる作品が残されている。[6]

こうして、フランスの南西部からリムーザンあたりの地方で萌芽したトルバドゥールの芸術は、それから約二世紀のあいだ南フランス一帯で、詩と旋律にさまざまな感情をこめた抒情の花々を咲かせ続けるのである。その中心テーマである愛というものが、かつて西欧の世俗の文化において、これほど大きな地位を得たことはなかった。その愛に対する新たな関心と趣味は、南フランスの全域のみにとどまらず、十二世紀が終わる頃までに、北フランスから更にドイツ、イタリア、スペイン、ポルトガル、イギリスの貴族たちの宮廷へと伝播し、人びとに新しい生活の理念を与えた。かくして、男性の女性に対する愛が、初めてヨーロッパ文学において好んで用いられるテーマとなったのである。[7]

ギヨーム九世は、その個性的で奔放な生きざまと、矛盾をはらんだ作品から、今日しばしば二つの顔をもつローマの双面神ヤヌスにたとえられる。中世そのものが矛盾撞着の時代であったことを思えば、彼こそ当時の南部的な中世人の典型であったと言えよう。この上ない下品で露骨な言葉で女性たちをからかうかと思えば、恋の悩みにわななく男の繊細な心情を吐露したシャンソンを作るといった矛盾、そうした矛盾の中で、ギヨームは女性を快楽の道具としてでなく、対等な人間として扱う新しい愛の理想を発見し、その理想がやがてヨーロッパにおいて、一つの文明の土台となり動力ともなる道を開いたのである。その大事業はあとに続く詩人たちの数代にわたる努力により完成するが、ギヨームはわずか十一篇にすぎない現存する作品を通して、彼がそのための変革者であり先駆者であったことの最初の証拠をわれわれに残している。

第一章　生　涯

ギヨーム九世（以下ギヨームと呼ぶ）は一〇七一年十月二十二日、ポワチエ伯（六世）を兼ねるアキテーヌ公ギヨーム八世（別名ギー＝ジョフロワ）[8]を父とし、ブルゴーニュ公家の出であるオードアルドを母として生まれた。父親のギー＝ジョフロワは、それから一一三七年まで受け継がれるギヨーム一門の始祖として、ポワトゥー、ガスコーニュのほかに、リムーザンとアングーモワの各地方を含む、ロワール川からピレネー山脈とトゥールーズ伯領との国境近辺にまで広がるアキテーヌ〈国家〉を築き上げていた。この広大な領土は、のちのフランス国土のほぼ三分の一を占め、宗主であるフランス王家のそれをはるかに凌ぐものであった。アキテーヌ公爵家の歴代の当主は、ポワチエとボルドーおよび、ボルドーの南東の郊外にあったオンブリエール城を主な居住地としていたが、とりわけポワチエは彼らのお気に入りの地で、代々の爵位の継承はこの町でおこなわれていた。父親が亡くなり、ギヨームが家督を相続してアキテーヌ九代目の公爵、ポワチエ七代目の伯爵となったのは、一〇八六年彼が十五歳の時であった。

　領内のリムーザン地方は『ボエティウスの詩』[9]、『アンチオキアの歌』[10]といったオック語による最古の物語風の詩を生んだが、学問的中心となっていたリモージュのサン＝マルシアル大修道院では、その道で著名であったベネディクト派の修道僧たちにより、典礼劇とともに詩的音楽的活動が活発におこなわれていた。ギヨームはその大修道院で、これらの修道僧について学問を修めていたが、その後の彼の詩人としての素地も、作品からも窺えるラテン語の素養も、その時に培われていたものと思われる。

家督相続をして二年後の一〇八八年、ギヨームはアンジュー伯フルク四世[11]の娘、エルマンガルド[12]と結婚する。しかし、若い二人の結婚生活は、わずか三年で破局が訪れる。原因はギヨームのふしだらな女性関係にあったといわれ、彼のもとを去ったエルマンガルドは、それからすぐ一〇九三年にブルターニュ公[13]と再婚した。一方、ギヨームも一〇九四年二度目の妻を迎える。相手はトゥールーズ伯ギヨーム四世[14]の娘マオー＝フィリッパ[15]で、その年彼女は夫のアラゴン王[16]をムーア人との戦闘で失っていた。この若い寡婦との再婚にはギヨームは大いに乗り気で、自らピレネーを越えてアラゴンまで彼女に会いに行き、その年の夏から秋までその地に滞在している。

事実、この縁組はギヨームに大きな期待感を抱かせるものであった。フィリッパの父ギヨーム四世伯は、聖地へ赴いたまま帰ることなく外地で没し、一〇九二年にトゥールーズ伯爵位は、それまで執政であった叔父のレイモン・ド・サン＝ジル[17]によって引き継がれていた。その領地はガロンヌ川から、アルビジョワ地方とジェヴォーダン地方の北辺部を経て、ローヌ川に至る全域に及び、九世紀以来レイモン家がトゥールーズ伯として、南フランス一帯で権勢をふるっていた。亡父（ギヨーム四世）の一人娘であったフィリッパ[18]は、寡婦となった自らの地位保全のためにも、正当な継承者として、伯爵領を叔父の手から奪い返す必要があると考えていた。そうした彼女の思惑と、ギヨームにとってはまたとない有望な領地獲得の期待が合致した結果の二人の再婚であった。その機会はすぐに訪れる。

一〇九五年十一月、教皇ウルバヌス二世[19]がクレルモンの公会議でおこなった十字軍運動の提唱は、望外な反響をよび、直ちに実行されることになった。フィリッパの叔父レイモン・ド・サン＝ジルも真っ先にそれに呼応し、二度と再び故国に帰らぬことを誓約して、一〇九六年十月南フランス軍団を率いて聖地へ向け出発した。その後のトゥールーズ伯爵領の統治は、彼の長子ベルトラン[20]に委ねられていた。ギヨームとフィリッパにとって、まさに絶好のチャンス到来であった。実は、ギヨームはウルバヌス二世がクレルモンにやって来た時、彼をそこで迎えており、ポワチエでも盛大にもてなしていたのである。しかし彼にとって、キリストのために戦うよりも、当面の自分の野望達成の戦いの方が大事だったのである。

ギヨームは、妻に伯爵領の相続権があるとする口実で、軍隊をトゥールーズへ進めた。そして大した抵抗にもあわず、一〇九八年の春その地を占領した。ギヨームはこの成功の余勢を駆って、同じ年の秋にはノルマンディーで、イギリス王ウイリアム二世（赤毛王）の側に立ち、フランス王フィリップ一世と戦っている[21]。ルーズに移り住んで当たることになった。奪回を果たした伯爵領の管理は、フィリッパがトゥーところが折角手に入れた領土も、自領としてまだ十分地盤固めもされていない二年後（一一〇〇頃）、十字軍参加者の留守中の財産保全を司っていた教皇の圧力で、トゥールーズ伯爵家の〈正当な〉後継者であるベルトランへ返還せざるを得なくなる。これにはまた、ギヨーム自身が十字軍遠征に参加することになったという事情もあった。

ギヨームは当時まだ三十歳前の男盛り、一〇九九年七月のエルサレム占領と王国成立の知らせが、片時もひと所にじっとしていることのない彼の血をたぎらせたことは想像に難くない。しかし、遠征参加の決意はしたものの、それにともなう莫大な費用の調達は、いかに富裕な大領主にとっても生易しいことではなかった。一応十全と思われる装備の軍隊は、トゥールーズ伯領に対する権利をベルトランへ返すのと引き換えに用意できた。そして一一〇一年三月、ギヨームはその軍隊のほかに、女性や未成年の巡礼者など非戦闘員を含む三万人から成る大集団の先頭に立ち、一路エルサレムを目指しポワチエの地をあとにした。

西ヨーロッパの各地で編成された軍隊により組織されたこの一一〇一年の十字軍は、参加人員総数二十万に上るといわれ、質量ともに先の第一回十字軍に匹敵するものであった。けれどもその結果の悲惨さは、この人数のうち、聖地にたどり着いた者は一割にも満たなかったという事実が、端的に物語っている。無論ギヨームが率いる軍団も例外ではなかった。途中病や戦闘で倒れる者が続出し、とりわけ小アジアの町ヘラクレイア[22]の近傍で、待ち伏せしていたトルコ軍の奇襲にあい、南フランス軍は潰滅状態に陥った。それからのギヨームは敗残者として、少数の仲間と共にアンチオキア侯国にのがれ、そこの宮廷で数か月間保護をうける身となる。翌年（一一〇二）にはともかくエルサレムへ行き、ペンテコステ（聖霊降臨の大祝日）の日に初代王ボードワン一世[23]に迎えられている。それから船で帰国の途につくが、嵐にあってアンチオキアに引き返す。その間どういう風の吹き回しか、アスカロン[24]の包囲戦に参加している。こうして長く辛い旅を終え、ギヨームは一一〇二年十月二十九日、《それでもって機知に富んだ自嘲的な詩ができることになる記憶を、頭に一杯つめてきた以外は何もかも失って[25]》、一年半ぶりに故国ポワチエの土を踏んだ。

敗軍の将となって帰還してからも、ギヨームの生活態度や行状は以前とまったく変わらなかった、と同時代の年代記作者たちは伝えている。彼はあらゆることに意欲満々で、トゥールーズへの未練も捨ててはいなかった。東方遠征の直前心ならずも返還していた伯爵領の支配権は、ベルトランが父親（レイモン・ド・サン＝ジル）に倣いパレスチナへ行き、一一一二年その地で没したため、その弟のアルフォンス＝ジュルダン[26]の手に渡っていた。ギヨームは、当時まだ十二歳の子供であったアルフォンスから再度の権利奪回を試みる。一一一四年戦いが始まると、トゥールーズの民衆は敵味方の二手に分かれてぶつかり合った。若い伯爵（アルフォンス）はローヌ河畔の領地へ避難を余儀なくされる。その間に激しい市街戦がおこなわれ、仲裁に入ろうとしたナヴァール国パンプローナの司教が殺されたりしたのち、ギヨームは再びトゥールーズの支配権を掌握した。しかし、この度もまたそれを長く維持することはできなかった。ギヨームは彼の名代として、ギヨーム・ド・モンモーレル[27]なる人物をこの地の統治に当たらせていたが、数年を経た一一一九年に、新しい支配者を不服とするトゥールーズの民衆が決然と蜂起したのである。アルフォンスこそ我らの《当然の主君》だとする民衆側の力に、ギヨーム側は圧倒され攻め立てられ、ナルボンヌの城を残すのみとなった。この最後の砦は、ギヨーム・ド・モンモーレルの頑張りにより、それから数年間持ちこたえたが、一一二三年トゥールーズ市民軍に攻囲されついに落城した。こうして、ギヨームの意図はまたしても竜頭蛇尾に終わり、彼のトゥールーズ伯領の終生支配の望みは完全に絶たれたのである。

こうした事変も、一国の統率者として当時の世にあっては、日常の一こまにすぎなかったであろう。ギヨームはすでに晩年期にあったが、その間もアキテーヌの領内での家臣たちの不穏な動きには目を離せなかったし、反乱分子には自ら戦いを挑まなければならなかった[28]。ピレネーの向こうで展開されていたレコンキスタ[29]も、ただ傍観しているわけにはいかなかった。アキテーヌ公爵家は、姻戚関係によりスペインの王国と深いつながりをもっていたのである。

ギヨーム自身二度目の妻（フィリッパ）をアラゴンから迎えたが、彼の姉妹の一人はレオン・カスティリヤ王アルフォンス六世[30]と結婚していたし別の一人は、彼の妻フィリッパの亡くなった前夫のアラゴン・ナヴァール王サンシュ一世とその先妻との間の長子であるピエール[31]のもとに嫁いでいた。

リムーザンの多くの諸侯たちが加わったトレドへの遠征（一〇八五）には、ギヨームは家督相続前でまだ若過ぎて参加しなかったが、その後は機会のあるごとにスペインの義兄弟の側に加担して戦った。サンシュ一世の次子で、ピエール（一世）の後を継いでいたアルフォンス一世（好戦王[32]）が、一一一五年にアンダルシアを急襲した際、彼とギヨームの連合軍はグラナダとコルドバの近くまで侵攻し、数千のモザラべ（キリスト教徒[33]）の家族をアラゴンへ連れて帰った。更に一一一八年、アルフォンス好戦王がサラゴサを征服したあとに、ムーア人がアラゴンに戦いを企てた時には、ギヨームはラングドックの騎士六百人を引き連れて支援に赴き、クタンダでの勝利の戦い（一一二〇）に参加している。それから二、三年ののち、既に述べたように、トゥールーズ地方で獲得していたもののすべてを失うことになる。そして一一二六年二月十日、ギヨームはその波乱に富んだ生涯を終え、ポワチエのサン＝ジャン＝ド＝モンチエヌッフ教会に葬られた。享年五十四歳であった。

* * *

これまでたどってきた生涯の主な事跡から想像されるのは、とても有能とは言えない、凡庸な為政者ないし武人としてのギヨームであろう。軽はずみで向こう見ずな行動、遠謀深慮に欠け、軍事的・政治的企ては、どれも初めは勢いがよいが、あとはしりすぼみになっている。しかし、こうした彼の〈対外政策〉の失敗や破綻のみを取り立てて、無能な支配者であったと決めつけてはなるまい。ともかく、内政面では約四十年間も、統治のむずかしい広大な領地を、望みうる限りの秩序の状態を保たせて治めたのである。また、当代西ヨーロッパ随一の大領主としての彼の権力は、ローマ教会に対しては、命令を無視するほど強気の態度をとり続け、フランス王（ルイ六世[34]）に対しても、二十年近く臣従を拒むほど強大であった。

ギヨームの人柄について、古いプロヴァンスの〈伝記〉は、《ポワチエ伯はこの世で最もみやびを解する男の一人であり、また女をたぶらかすことにかけても最もたけたる者の一人であった。彼はすぐれた武人であり、女性への気配りにおいても寛大であった。よく詩作し歌うことの心得もあった。そして長い間、世間をまたにかけ奥方たちを騙した……》と説明している。[35]彼ほどの身分で、しかも生涯を通じて話題に事欠くことのなかった人物のものにしては、わずか数行のいかにもそっけない伝記である。これは当人が生きた時代から一世紀以上を経て、おそらくそれまでは口伝えで消えていくおそれがあったものを、無名の伝記作者が書き残してくれたもので、他の多くのトルバドゥールの〈伝記〉の場合と同様、当人の作品を拠り所として書かれたものである。一見その場の思いつきの不得要領な説明文であるが、みやびを解する男と女をたぶらかすことにたけた男、女性への気配りにおいて寛大な男と方々で奥方たちを騙す男、といった相矛盾する二面性は、ギヨームの作品の特徴がそのままこの〈伝記〉に反映しているのである。

ギヨームを詩人としては、こぞって高く評価している後世の学者や批評家たちも、彼の人間的評価となると、快楽主義者、漁色家、道化者、皮肉屋、挑発者、冒瀆者、背徳漢等々、さまざまな呼び方により、総じて手厳しい批判を下している。大領主として、ギヨームはその実生活における言動や行状により大きな影響力をもつ立場にあったが、逆にそうした立場にある者の特権を利用しての彼の自由奔放な生き方は、その陽気で憎めぬ人柄とも相まって、同時代の年代史家たちにも好個の題材を提供していた。そして彼らは、時には悦に入り、時には彼の行為が支配者としての威信を汚すものとして批判を込めて、彼にまつわる数々のエピソードを語り伝えている。

目がける情事や恋愛の成就が多少ともおぼつかない時だけは、事前に必ず聖ジュリアンに願掛けに行っていたというギヨームであるが、もともと宗教には懐疑的で信仰心はとぼしかった。公教会に対しても、異端思想が現われはじめていた当時の南フランスの多くの領主たちがそうであったように、反教権的態度をとり続けていた。

ギヨームが聖地へ向けて出発した前年（一一〇〇）のことである。ある時彼はポワチエで教皇特使と激しい口論をした。それから間もないある日、その特使がポワチエの教会で祭壇の近くに立った時、大きな石が天井の梁のところから音を立てて落下した。それはその特使に当たらず、そばにいた別の聖職者を直撃し、彼は仰向けに倒れて、あたり一面血の海になった(36)。この事件の仕掛け人の追及が、どの程度行われたか明らかでない。

明くる年のギヨームの十字軍への参加が惨憺たる結果となったことは、既に述べた通りである。聖地詣でという目的は一応達したものの、多数の仲間や部下たちを死なせ、勝利も味わうことのない辛い長旅であったから、本人もさぞ憔悴し、打ちひしがれ、失意の人として少なくとも謙虚になって帰ってくることを人びとは予想していたに違いない。ところが帰ってからの彼の行状には、遠征前と少しも変わったところがなかった。

《その頃、ポワトゥー伯ギヨームは、エルサレムから帰ってきても以前とまったく同じように、見境もなく女性をたぶらかしていた……こうして、彼はあたかもこの世の万事は偶然によって起こるものであり、なにも神意なんぞによるものでないと信じているかのように、あらゆる不品行のどろ沼に自らを押しこめていた(37)》。

《ポワトゥーの公爵は、エルサレム詣でを果たして仲間の幾人かと一緒に帰国してからは、根が快活で機知に富んでいたし、しかも順境に気をよくしていたので、自分の囚われの身となった惨めな体験(38)を、王族やお歴々や他のキリスト教徒たちの前で、巧みな抑揚をつけたリズミカルな詩にして、たびたび物語っていた(39)》。

当時三十を越えたばかりのギヨームは、待望の世継ぎもできて大いに気をよくし、[40] あらゆることにやる気満々だったのである。〈聖戦〉の苦汁をなめて帰った者の暗さはどこにも見られなかった。おどけ者ですぐに悪乗りするたちで、何事も真面目に受けとることがなく、あらゆることを冗談めかして、聞き手側を笑いこけさせていた。[41] しかも、その独特の人の楽しませ方は、人を楽しませることを職業にしている誰よりもまさる絶妙なものであった。[42] しかし一方、彼は厳密な意味でも宗教的な意味でも、すべてのものの敵であり、[43] 彼の折角の偉業もその女ぐせの悪さによって帳消しになっていた。[44]

ギヨームの女道楽は今に始まったことではない。女性に対する異常なほどの好奇心は、少年時代からのものであった。それに身分と地位が彼に得させていた特権や口説きのうまさなどを武器に、彼は相変わらずひんしゅくを買うような色事にふけっていた。それまでも何かにつけて教会関係者たちとは衝突していたが、彼の再三にわたる教会権への侵害や、そうした目にあまる女性関係は、公教会側を刺激し、二度にわたり破門を言い渡されることになる。こうした厳しい処分にも、ギヨームは無視する態度をとり、その際立ち合った高位聖職者たちを侮辱したり、彼らに罵詈雑言を浴びせていた。

二度目のトゥールーズ伯領奪回を図った年（一一一四）、ギヨームは公教会の徴税特権侵害の咎により破門を言い渡される。年代記作者は、その時のポワチエのサン＝ピエール教会内[45]での様子などを、リアルな筆致で次のように伝えている。

ポワチエ司教ピエール二世が、破門の伝達をしようとしていた。すると激怒したギヨームが司教の髪をつかみ、剣を振りかざして叫んだ、「俺を赦免せねば、貴様をぶっ殺す！」。司教は一瞬怯えた顔をするが、一息ついてから頃合いを見計らい、落ち着いた調子で破門の通達文を読み上げた。役目を果たしたところで、司教は首を差し出して言った、「さあどうぞ、殺すなら殺してください」。ギヨームは一瞬ためらい、思い直したように剣を鞘におさめ、こう言い放った、「憎らしい奴だ、だが止めておこう、俺の憎しみにも値しない。俺が手を貸してまで、あんたを天国へ送ってやることはあるまい」。しばらくしてのち、ギヨームはこの司教を捕えさせ、ショーヴィニーの城に幽閉させる。司教はそこで餓死したとも、毒殺されたともいわれている。こうして翌年その司教が死んだあとで、彼が生前数々の奇跡をおこなっていたということを聞き知った時、ギヨームは「ならば、奴さんきっと天国で幸せにしていることだろう。それなら、もっと早くそこに送り込んでやるのだった」と、うそぶいたという[46]。

ギヨームと妻フィリッパの間には長子ギヨームを頭に七人の子供（二男五女）ができていたが[47]、その頃夫婦の関係はギヨームの新しい愛人の出現により、決定的な破局の危機に直面していた。その相手は、ポワチエの北方三十キロほどのところにあるシャテルローの子爵夫人であった。彼女は三人の子持ちであったが、通称ダンジュルーズ（危険な女）と呼ばれていたことからも、かなり奔放で評判の女性であったと想像される。一一一二年頃からとみられている二人の仲は、一一一五年からは、ギヨームがポワチエの居城の別館として新築したばかりの塔での、人目もはばからぬ同棲生活へと進展していた。そのモーベルジョン[48]と名付けられていた塔の主となった彼女のことを、土地の人びとはラ・モーベルジョンヌと呼んでいた。

その頃のギヨームの相も変わらぬ図々しい言動を示す象徴的な話として、その情婦の肖像をこれ見よがしに自分の盾に彫り込み、彼女がベッドで自分を励ましてくれているように、戦場では自分が彼女を励ましてやるのだと、自分たちの情事を冗談めかして言い触らした、というエピソードも残されている[49]。ギヨームもすでに四十代の半ばにさしかかり、もう若くはなかった。彼の長年にわたる女性遍歴の総決算とも受け取られるこの同棲生活が、それまでのような浮わついたものでなかったことは、その後二人を軸に、アキテーヌ公爵家の歴史が新たな展開を見せたことからも明らかである。それだけになおさら、妻のフィリッパにとってこの度の公然たる夫の仕打ちは、堪え難い侮辱であり、黙視できない大問題であった。思い余って彼女は、教皇特使のアングレーム司教ジラール(50)に直訴する。その結果、ギヨームは再び破門されることになる。その時彼は、説得に当たった禿げ頭の教皇特使に向かって、「お前さんのままならぬおつむの毛に、櫛を入れられるようになれば、彼女《あれ》と手を切るわい！」と、捨てぜりふを言い残した。そして、この破門をも無視して、そのままモーベルジョンヌとの関係を続けた。

実は、このような女性問題で破門されたのは、ギヨームが最初ではない。彼より十五年以上も前に、フランス王フィリップ一世も、正妻を追い出し臣下の妻を奪って結婚したことによって、教皇ウルバヌス二世から二度の破門宣言を受けているのである。公教会側が、その二度目の破門のための教会会議をポワチエで開こうとした時、ギヨームは主君である国王の威信を傷つけるものだとして、猛然とそれをつぶしにかかった。教皇庁に対して、ギヨームがなぜこのような強気の態度をとり、またとり得たのか。その理由として、彼にそれを可能ならしめる世俗的権力があったこと、彼自身、わが身の行状に照らして国王に味方せざるを得ない状況にあったこと、聖職者たちに一様に見られた俗世の人びとに対する蔑視の態度に、彼が反感を持っていたこと、それに当時の社会一般の風紀は、個人のスキャンダルにとどまる行状をそれほど罪深いものとしていなかったこと、などが挙げられるであろう。

十二世紀に入る頃から、カトリック教会は教会内部の改革を手始めに、世直しの運動を押し進めようとしていた。それはまず、神に仕える身の聖職者自身が、教会の腐敗堕落の元凶である聖職売買《シモニー》や妻《ニコライスム》(妾)帯の旧弊から脱却垂範して、俗世間の人びとにも神意にかなった生き方をさせようというのであった。しかし、その押しつけがましい厳格主義は各地で人びとの反発を招き、必ずしも所期の成果をあげていなかった。教会の内部においても、強硬な改革推進派である教皇庁直属の高位聖職者と地方の大多数の聖職者との間で、意思の疎通を欠くところがあったらしい。ギヨームは、これら鷹派の高位聖職者たちと衝突を繰り返していたのである。

そのギヨームが新しい愛人〈モーベルジョンヌ〉に心を奪われていた頃、彼のアキテーヌ領内を、これまた並外れた一人の男が精力的に歩き回り、その福音を予告する独特の説教活動によって、上流婦人たちの間で多数の帰依者を獲得していた。男の名前はロベール・ダルブリッセル[51]、ブルターニュ生まれの神学者で、クラーンの森に引きこもり厳しい自己修行などして、一一〇一年にポワトゥーとアンジューの国境近くの谷間に、男女二つの修道院から成るフォントヴロー大修道院を建設した。彼が創立したフォントヴロー修道会は、この大修道院を総本山として、その後各地に建てられるこの会の修道院とともに発展した。これらは聖母マリアに奉献されたものである。回心して神の愛に身を捧げる女性たちと、己の魂の救済のためその〈キリストの女中たち〉に従い奉仕することを誓った男性たちによって組織されたこの修道会は、女性を修道院長に任命するという女性優位の方針を貫いていた。これも、修道院の健全な管理運営は、家庭を取り仕切る術を心得た婦人にしかできない、という創立者の考えからであった。そのような発想は、当時の社会の常識からすれば突飛であり、批判的に見る者も多かったであろう。しかしその修道院には、ロベールの教えに心酔した多くの女性たち、世俗の愛に深く傷ついた者、あるいはそれを堪能しながら満たされぬ者たちが、心の安らぎを求めるため、自分の心を見つめ直すために次々に入っていた。

そのような中で、ギヨームにごく近かった女性たちの幾人かも、かつて彼に接し、見たり経験したりしていた安易な快楽的生活を、ロベールから植えつけられた高い次元の宗教的理想にもとづく禁欲的生活と対比し、いつの間にか自分たちの周りに、ギヨームの欲望も乗り越えられない柵をつくっていた。夫に女性としての自尊心を踏みにじられてきたフィリッパも、いつの頃からか機会あるごとにフォントヴロー修道院を訪れて、ひとときの安らぎを得ていた。モーベルジョンヌのために妻の座を追われた彼女は、迷わずその修道院に身をひく。この傷心の母に娘のオーデアルドが付き添っていた。そこにはまた、ギヨームの最初の妻であったエルマンガルドも入っていたし、フランス王フィリップ一世の不義密通の相手として汚名をこうむっていたベルトラード・ド・モンフォール(52)も、そこを終《つい》の住み処として悔悛の日々を送っていた。

領内の各地で修道院の建設を進めながら、巧みな弁舌でもって周囲の人びとの中に信心風を吹かせ、これまで自分の妻であった者たち、更に娘までも引き込んでいたロベール・ダルブリッセルのことを、ギヨームが内心苦々しく複雑な思いで見ていたことは想像に難くない。ロベールがフォントブロー修道会を創立するにあたっては、後年(一一一四)ギヨームに破門を言い渡してひどい目にあった、つまりギヨームにとって〈敵〉であったポワチエ司教(ピエール二世)が後ろ盾となり、ローマ教皇の認可を取りつける労をとっていたのであり、またギヨームはロベールを一一〇五年から一一一五年までの十年間、彼の宮廷の顧問として迎えていたのである。享楽主義者と禁欲主義の唱道者との組み合わせはいかにも不自然であるが、そこにはギヨームの統治者としての立場からの政治的配慮もあったと思われる。そのような間柄であっただけに、ギヨームはロベールをからかいと風刺の標的にして、鬱憤をはらしていた。その最たるものが、フォントヴロー大修道院をもじった、茶番仕立ての遊女屋の話である。

慈善事業としてあちこちで修道院を建てていたロベールに、ギヨームは皮肉とからかいを交えて、売春婦の修道院を造って、彼女たちの中で一番の美人をそこの院長か副院長に据えようじゃないか、などと言っていた。

《それからまたニオールという城市に、彼（ギヨーム）は修道院とほとんどそっくりの造りの何軒かの小さな家を建て、売春婦の大修道院を開くのだとやたらに吹聴した。そしてこの娘《こ》はあの娘は、とその名前をあげ、みんな有名な娼家から引き抜いてきて、おれのところの大修道院長、副院長や、またほかの役職につかせるのだと打ち明けた(53)》。

豪華な設備のその遊女屋は、娼婦たちにお揃いの修道服を着させ、しかも〈大修道院長さま〉がおいでになるばかりでなく、ちゃんと〈典礼歌〉もあるという念の入ったものであった。その〈大修道院〉の第一号の客がギヨームであった、と年代記作者はつけ加えている(54)。

ところで、ギヨームに離縁され、本物のローマ教会公認の修道院で修道誓願を立てたフィリッパの傷心は、どの程度いやされたであろうか。その心のきずの深さは、彼女がそれから程なく世を去っている事実(55)と無関係であるまい。その終焉の地について、文献のほとんどは、《フォントヴロー修道院で》とだけ記しているが、ある年代史(56)によると、彼女は当時（恐らく一一一五頃）ロベール・ダルブリッセルが福音を説いていた生地トゥールーズに帰り、ロベールの認可を得て自ら建てた修道院に隠棲し、そこで生涯を終えたことになっている。

　フィリッパが亡くなると、モーベルジョンヌはその時を待っていたかのように塔を出て、ギヨームの宮廷に移り住む。しかし、本妻の座につける見込みのなかった彼女は、シャテルローに残していた娘のアエノール(57)を、ギヨーム（十世(58)）と縁組させることで、自らのアキテーヌ公爵家での地位を確たるものにしようとした。自分の母親を苦しめ、自分と父親との不和の因になっている当の女性が、その娘を自分に押しつけようとする――長子ギヨームは数年間それを拒み続けるが、ついに父親たちの説得に折れる。そして、この奇妙な結婚により最初にできた子が、祖父ギヨームの血を受けて才色兼備、フランスとイングランドの二国の王妃となる数奇の運命をたどりながら、文芸の庇護につとめ、その宮廷を詩人たちの華やかな交流の場としたアリエノール・ダキテーヌである。[59]

この孫娘が生まれた頃、ギヨームは五十の坂を越し、最晩年にさしかかっていた。一国の統治者として多事倥偬の中を、世間の道徳律もスキャンダルも意に介せず、奔放に生きてきたさすがのタフガイも、齢《よわい》の急激な傾きとともに動から静へ、肉から霊へと見つめる世界が変わってきていた。それまでの生きざまが激しかっただけに、その沈潜の度合いは深かったであろう。信仰心は失われていなかったのである。すでに一一一七年に二度目の破門も解かれ、ローマ教会とも和解をしていた。ロベールを揶揄して、その伝道施設のための事業にも非協力的であった彼が、フォントヴロー修道会の僧院を建てるため、歴代のアキテーヌ公のお気に入りだった猟場に近接する所有地を提供した。[60] 父のギヨーム八世が葬られることを望んだサンティアゴ・デ・コンポステーラへも詣で、真摯な悔悛の情を作品[61]の中で吐露するほど回心していた。最後の息を引きとったのも、僧院の中であった。

第二章　ギヨームの周辺 ――文化と女性観と愛――

十世紀から十一世紀にかけてのフランスは、政治的にも文化的にも地域ごとに分割された状態にあった。アキテーヌ地方[62]は、十一世紀に入る頃から、貴族たちの生活に奢侈と粋好みの風潮が見えはじめ、北部のフランス人たちの目には、それが退廃の現われとも映るほどであった。知的活動も世俗的な官能主義と耽美主義の方向にむかうようになる。文学は一部の例外[63]を除けば、まだ貧弱で凡庸であったが、音楽の方は非常に盛んであった。十一世紀も中ごろになると、各地で急速に詩歌への関心が高まってくる。この新しい趣味の波は、古めかしい貴族の城館にしみついた無粋の垢を洗いおとし、そこを徐々に風雅な社交の場へと変えていった。アキテーヌ公領の北のはずれに位置するポワチエは、歴代の公爵家のお膝元で、早くから文化の中心地として栄え[64]、各地から文人や楽人たちを迎えていた。やがてギヨームが登場し、十二世紀の幕開けとともに輝かしい詩的創造の時代を迎えるが、その下地はこうした伝統の中ですでに準備されていたのである。

ギヨームの優れた詩才は生来のものであろう。また、彼はわれわれが想像する以上に学問があった、という見方もなされている[65]。詩人としてのギヨームを論ずる場合、まず注目されるのは、彼がポワチエとリモージュという文化的に恵まれた環境の中で育ち学んだということである。

当時のポワチエは、巡礼者の群れが行き交うサンティアゴ・デ・コンポステーラへの街道沿いの、オック語とオイル語が接する地点にあり、西ヨーロッパの各地から持ち込まれるさまざまな文化や伝統の十字路になっていた。この豊饒な土壌から、それまで西欧の文学が全く知らなかった多元的な新種の花が芽生えたのは、決して偶然ではない。

ポワチエの北東百十数キロのところにあり、ギヨームが修学のため青春時代の一時期を過ごしたリモージュのサン＝マルシアル大修道院も、巡礼地サンティアゴ・デ・コンポステーラへ通じる道筋にあってオック語圏の北端に位置し、南北の文化が出合う重要な交流拠点の一つであった。グレゴリオ聖歌を復活させ、典礼音楽と演劇の活動によりサン＝マルシアル学派として一派をなしていたこの芸術のメッカ[66]での遊学生活は、将来の詩人にとって少なからぬ意義をもつものであったと思われる。事実、後世の音楽史家たちは、しばしばギヨームの作品中唯一保存されている楽譜を引き合いに出し[67]、この学派の影響が、彼と彼に続くトルバドゥールの音楽に及んでいることを立証せんとしている。

ポワチエの北方を流れるロワール川の渓谷沿いの地方も、文化の先進地域として、教会人たちがラテン語を駆使し盛んに文筆活動を行っていた。ブルグーユの修道院長をつとめたボードリ[68]は、第一次十字軍史の著者として知られ、トゥールの大司教になったイルドベール[69]は、文筆家・詩人としても活躍し、流麗なラテン語で聖者たちの伝記を書く一方、マドリガル風の詩も作っていた。これらの動向も逐一ポワチエの宮廷に伝わっていたはずである。

その地域から更に北上し海を越えたブリテンの島から、十一世紀後期の頃、吟遊詩人たちが歌の調べに乗せてケルトの伝説をヨーロッパ大陸に持ち込んでいた。後年『トリスタン物語』の作者として知られるトマが、この伝説の語り手の〈宗家〉と仰いだブレリ[70]も、ある時期にポワチエの宮廷を訪れたとされている。この名手が弾き語る異国の伝説、とりわけトリスタンとイズーの愛の物語には、ギヨームも大いに関心を寄せ、わが事とも照らし合わせながら耳を傾けたことであろう。恋の伝説といえば、ブリテンとは逆方向のはるか遠いマグレブ[71]、シリヤ、ペルシアなどで流布していたものが、商人や巡礼者たちによって、北アフリカと西アジアの間の往路・復路でばらまかれていた。これらの伝説もなんらかの経路をたどり、ポワチエまでたどり着いていたと思われる。

ポワチエから真っ直ぐ南下しピレネー山脈を越えると、イスラム教徒とキリスト教徒の攻防が繰り返されるなかで、イスラム文化が浸透した世界であった。また、東寄りに南下したところには、ギヨームが生涯併合を渇望し、二度の試み[72]に失敗したトゥールーズ伯爵領が、同じくその異文化の世界と向き合う形で広がっていた。ギヨームの妻（フィリッパ）の郷国であり、一時は彼が支配下に置いたこの地とアキテーヌ地方とは、思想傾向や生活習慣など互いに影響し合い、文化の面でもつながっていた。

南フランスとイスラム世界との直接のかかわりは、八世紀中にアラブ人が幾度となく南フランスの地に侵入したことにより始まる。そこには十世紀の末まで、彼らの駐屯地が残されていた。十一世紀の後期にイベリア半島の南西部で動乱が起こり、その地方のイスラム教徒の知識人が多数、難を避けてラングドックの地に逃れた。彼らはナルボンヌ、モンペリエ、リュネル、サン＝ジルなど各地に定住し、医学や天文学といった、西欧より進んでいた彼らの学問の分野で、南仏人たちの蒙を啓いた。これとは逆に、レコンキスタにおけるギヨーム父子のバルバストロ（一〇六四）とクタンダ（一一二〇）での勝利により、南仏人たちのアラゴン、ナヴァール、カスティリヤの諸王国への移住と、両文化圏の民族・文化の混血と交流の道が開かれた。これらの戦いから凱旋の時、ギヨーム八世がバルバストロからポワチエの宮廷に連れてきた人質と捕虜の中に、物語の語り手や歌い手たちがいたであろうこと[73]、また息子のギヨームもクタンダから多数の捕虜を連れて帰ったことを[74]、同時代の歴史家たちが証言している。

当時スペインでは、アンダルシアでもキリスト教王国でも、歌い手たちは社会的地位も高く厚遇され、富貴な家での賓客の招待や祝宴などでは欠かせぬ存在であった。中部では、一〇八五年レオン・カスティリヤ王アルフォンス六世がトレドを奪回してから、イスラム教徒とキリスト教徒などのジョングルールの混成集団が見られるようになっていたし、北部のナヴァール王サンシュ四世[75]の宮廷には、《十三人のムーア人（イスラム教徒）、十二人のキリスト教徒と一人のユダヤ教徒から成る》二十七人のジョングルールの一団が所属していた。[76]エル・エスコリアル図書館所蔵の『サンタ・マリア賛歌集』の写本に見られる細密画には、二人仲よく並んで歌っているイスラムとキリスト教徒のジョングルールが描かれている。[77]王侯たちの結婚式にも、こうしたジョングルールの混成チームが招かれていたというから、フィリッパがギヨームとの再婚でポワチエの宮廷に輿入れした際、お供の中にモール人の歌い手もいたことは十分考えられる。[78]

十一世紀後半のスペインは、政治的には〈群雄割拠《レイノ・デ・タイファス》〉の動乱期であったが、文化面では文学の草創期で、古典アラブ語と現地のキリスト教徒が話していた言葉でもって、モサラベ詩またはアンダルシア詩と呼ばれる愛の抒情詩が盛んに作られていた。[79]南部のアンダルシア地方きっての有力な君主だったセビリアのアル＝ムァタミド王[80]も、内容的には《最も正統的なオック語の抒情詩と、著しく異なった点は何一つない[81]》詩を書いていた。このスペイン＝アラブ詩の伝統は、レコンキスタが終結する十五世紀末まで保たれることになる。

当時のスペインは、このようにキリスト教世界とイスラム世界とが接触する地域として、文化的にも大きな役割を演じていた。その諸王国とポワチエの宮廷は、すでにギヨームの父（八世）の代から密接な関係にあったから、ギヨーム自身子供の時分からイスラム＝スペインの文芸にもじかに接し、馴染んでいたものと思われる。[82]スペインだけではない。ギヨームが一一〇二年から翌年にかけて参加した東方遠征の際、彼は一時サラセン人の捕虜になったという報告もあり[83]、また現地で目の当たりにした文物も、西アジアから北アフリカの方へ西漸し、更にイベリア半島にまで伸びていたイスラム世界で共通のものであった。

このような生涯を通じてのイスラム世界との接触による影響が、ギヨームの詩にも及んでいないとは考えられない。オック語抒情詩の起源の問題について、十六世紀に最初に持ち出されたアラブ仮説の同調者たちは、特にスペイン＝アラブ詩とギヨームや初期のトルバドゥールの詩との形式や旋律の類似性を踏まえ、粘り強い主張を繰り返している。しかし一方、有機的な関連性という点で、中世ラテン詩のほうに分があるとする根強い見方もあって甲論乙駁、いずれも定説とされるに至らず、問題は未解決のままである[84]。私としては、両論を含め折衷した次のようなジャン＝シャルル・ペヤンの説を、最も妥当で的を射ているものとしてとりたい。

《ギヨーム九世の詩法は、おそらくイスラム文化に負うところ大であるが、かと言って、中世ラテン詩や民間伝承以上にということでは決してない。さまざまな伝統が、ある場合は学問的（中世ラテン短詩《マドリガル》、典礼歌の発展）、またある場合は民衆的（舞踏歌、ヴァランティナージュや五月祭）性格を帯びて、現地や近隣の地方（アンジュー＝トゥーレーヌあるいはリムーザン）にあったものが、別のところからもたらされた異国的要素（ケルト伝説やスペイン＝アラブ詩）と合体し、それが幸いしてあの偉大な宮廷風恋愛詩が生まれたのである。事物の最も豊かな生成は、最も広範な綜合によりおこなわれる。しかし更にその多様性を引き受け、それにある程度の一貫性を与えうる触媒としての人材が必要である。ギヨーム九世はこれら人材の先頭を切ったわけで、彼のとった手段が決め手になった[85]》。

こうした多元的で多様なイデオロギーが混在し作用しあう中で、十二、十三世紀におけるヨーロッパ文化の全般的な発展ももたらされ、その新時代の幕はギヨームが先鞭をつけた詩的創造とともに切って落とされたのである。

*

*　*

手練手管を弄して多くの女性たちを籠絡し、その〈手柄〉話を得々として仲間の男たちに聞かせていた愛における徹底した現実主義者が、ある時期から突如理想的な愛をテーマに、愛の力や愛から生ずる歓びなどをうたいだす。ギヨームの作品に見られるこの着想の急転換に、われわれは一様に戸惑いを覚える。双面神《ヤヌス》にたとえられるこの二面性は、さまざまな文化や伝統の合流点にあって、一方は大衆好みのジョングルールの伝統に、他方は粗野・無粋の生活から脱し、洗練・優雅さを求めていた貴族たちの趣味に沿った結果であるとも考えられるし、またギヨーム自身の中での、ひいてはフランス南部の貴族社会での、女性たちに対する態度に変化が生じてきたことの反映とも解釈し得る。

この〈双面神の詩人〉は、一方でまた〈変革の詩人〉とも呼ばれる。女性について革命をもたらした新時代への転換期を迎えるまで、一体女性たちは現実の社会で、あるいは文学上どのように遇せられ扱われていたかを一通り述べておくことは、ギヨームの作品をよりよく理解し、その業績から彼を変革の詩人として位置づけるためにも必要である。

端的に言って、それまでの女性は常に男性より劣った存在とされ、利用されるだけであった。宗教も女性を解放していたとは思われず、キリスト教にしてもイスラム教にしても、世の夫たちに対して妻には愛と敬意をもって対応せよと教えていたが、結婚も男性側が一方的な決め方で成立させていたし、女性側の不貞行為には厳罰をもって臨んでいた。ガロ＝ロマン人の社会でも、結婚という枠内での男女間の愛は称えられていたが、恋人同士の間で男性側にのみ相手の女性へ〈奉仕〉の義務があるなどということはなかったし、ゲルマン人の社会では、妻の側には貞節が強いられながら、夫の側からの妻に対する〈奉仕〉は屈辱とさえ考えられていた。こうして異教とキリスト教の古代から未分化の時代を経て中世の時代に入った頃も、あらゆる面で、男性は権利と習わしにより女性より優位にあり、女性の方は陰で謙虚に控え、しばしば忍従を強いられていた。

比較的平和であった十一世紀から十二世紀にかけて、物心両面に余裕が生まれ、新しい社会的・精神的風土が現出する。ギヨームの時代になると、少なくとも貴族社会において、女性の地位は確実に向上してきた。とりわけ彼の壮年期に始まった十字軍による東方遠征は、女性の地位改善に資するところ大であった。それは国に残された女性たちに政治的役割を得させ、同時にオリエント文明に触発され、豪奢や優しさを競い求めるようになった生活習慣と趣味の変化が、女性たちに新しい役割と地位を与えたのである[86]。この現象は、北部よりも封建制の絆からもっと自由で、経済的にも豊かであった南部の領主たちの宮廷において顕著に現われた。かと言って、世間一般の女性に対する軽視の風潮まで改まったわけではない。キリスト教自体も女性の地位向上のためには殆ど役立たず、公教会も夫婦にあっては常に妻の側に夫へ従うよう仕向けていたし、女性はむしろ蔑まれていたのである。

ところで女性について、ギヨームの時代およびそれ以前の文学から、どのようなイメージが引き出せるであろうか。文学といえば、それまではシャルルマーニュ（七四二－八一四）による学芸復興[87]以来ラテン語で書かれた、いわゆる学者文学が主流をなしていた。その作者は常に聖職者で、彼らの多くは俗世から離れた場所で暮らし、女性については俗世間の考えよりもスコラ学派の教えに従い、中世初期以来の悲観論的な女性観を受け継いでいた。それは悪魔の手先である敵として、油断のならない狡猾な誘惑者として、美しさはうわべだけの不浄な存在としての女性であった。晩年レンヌの司教をつとめた十一世紀の修道僧マルボード[88]にとって、《われわれの狡猾な敵が、この世のあらゆる丘や平原に張りめぐらせている無数の罠の中で、最もたちの悪いもので殆ど誰も避けて通れぬもの、それは有害なブドウの株、不幸の根株、あらゆる悪徳の挿し木であるところの女性[89]》であった。また、同じ十一世紀の修道僧ロジェ・ド・カーン[90]は、女性の狡さや欺瞞に引っ掛からぬよう、《牧者たちよ、ゆめゆめ油断することなかれ。きみたちの羊の群れから強欲な狼どもを遠ざけよ。きみたちの牧場の柵の入口を閉ざし、彼らを中に入れないように[91]》と呼びかけ、《醜い女房をもった男は、彼女にうんざりするし彼女を嫌悪する。もしそれが美人であれば、彼は色男たちをひどく恐れる。実際、美貌と貞節がどれほど相容れないものかお分かりだろう……どんな女房でも自分の亭主に優しい抱擁を与え、甘い口づけをするが、彼女はこころの中でひそかに毒液を分泌しているのだ[92]》と警告する。更にまた、女体への未練なんぞきっぱり捨てよと次のように説く。《肉体の美しさも皮膚の裏側にまで及ばない。もしも男たちが、その皮膚の下にかくされているものを考えれば、女たちを見ると吐き気を催してくるだろう……われわれは指先で痰や糞便に触れることもできないのに、どうしてそんな汚物の袋を抱く気になれよう![93]》。

学者文学はまた、これと裏腹の女性像をも描き出した。〈罪深い〉女性も、不倶載天の敵である悪魔との縁を切ると途端、神の目に最も好ましい、清らかで超絶した崇敬に値する存在となる。その女性たちは、一一〇〇年から一二〇〇年頃にかけて数多く書かれた聖者伝[94]の主人公となって、長い間この文学の教化的・禁欲主義的な伝統を支えることになった。俗語文学としてロマン語による最古の文学作品である『聖女ウーラリーの続唱』(八八〇頃の作[95])では、ひたすら神に仕え、神にそむく者たちの脅しや誘惑に屈することのない乙女の美徳が語られている。しかしこれらの女性像は、その時代の現実や生活とは全くかけ離れたところのもので、当時の女性の原形となるイメージを浮かび上がらせるものではない。

十世紀中に登場し、十一世紀半ばより十二世紀半ばまで目立った活動をした放浪の書生詩人〈ゴリヤール〉[96]たちがいた。ジョングルールやトルバドゥールの先駆者とも見なされる彼らは、教会付属の学校でギリシア・ローマ文学の素養を身につけた教養人で、俗世の巷を巡りながら、女性に愛撫を酒に酔いを求めて、オヴィディウスやヴェルギリウスの詩から自由自在に借用し、ラテン語で奔放に官能的な、風刺のきいた愛と酒の詩を作っていた。彼らは女性を、修道院の詩人たちと同じように罪深い道具としながら、魅力的で愛すべきものとしている。ただし、性的対象としてしか扱っていない。

世俗の大衆文学として、十一世紀後半から十二世紀初頭にかけて多く書かれた武勲詩では、統一的な女性像は見出せないが、女性たちは殆ど部外者として男性の世界から隔離して描かれている。女性に思いを寄せるような男性は見当たらず、相手を思慕し、恋の悩みを打ち明けるのは常に女性の側である。十一世紀中期または末期の作とされる最も有名な『ロランの歌』にしても、美女オードは、ただ主人公ロランの親友オリヴィエの妹として、挿話的な役割しか演じていない[97]。しかし武勲詩で、女性が重要な役を演じているものもなくはない。『ロランの歌』と時代的に近い作の『ギヨームの歌』[98]では、戦いに敗れて意気阻喪した夫を励まし、勇気を取り戻させて再び戦場に赴かせる、気丈な上に愛情豊かで繊細な心をもった妻〈ギブール〉が描かれている。恐らく当時の人びとは、ギブールの中に封建領主の妻の理想像を見出していたであろう。

トルバドゥールの文学の出現とともに、女性はそれまでとは全く違った相のもとに現われる。南部フランスの宮廷での生活様式の変化と、男性の女性に対する新しい態度がもたらした〈革命〉の産物であるその抒情詩は、楽しみのため、趣味、願望、流行などに応じて作られたが、その時代に男性の中で女性が占めていた地位について、人びとの精神の中で起こっていた変化をも伝えるものとなった。そこにはまた、現実のさまざまな社会的差別の外にある愛の理想を尊重させ、宮廷での礼法をも行き渡らせようとする意図も見られ、それが男女を同等の人間あるいは恋人として扱う新しいタイプの男女関係をつくり出した。

その詩と理想の融合の営為の中で、《*Fin'amor*》（至純の愛）[99] の名の下に発展する、紋切り型ではあるが独創的な愛が構築される。この愛における基本原理は、恋する男と愛の対象となる女性との間に無限の距離があることだ。控え目な恋人たちは、意中の女性の高い身分、気品と尊大さの前にたじろぎつつ、彼女たちの冷ややかな態度も至極もっともなこととして受けとめる。その時彼らを支えるのは、愛は地位を消し去り身分を近づける、という確信である。こうして、封建君主と臣下のような関係が両者を結びつける。女性《ダーム》の側としては、詩人である恋人の愛の奉仕に対し〈報酬〉[100] を与えなければならない。しかし恋人側は、それを期待どおり受けられるとは限らない。だが、たとえそのために長い間待たされようと、また拒まれようと、彼にとって耐える苦悩は決して無駄とはならない。真の愛は精神を高揚させ人格を高潔にするものである故に、彼はその苦悩の中で己の価値を高めるすべてを学ぶはずだから。このような愛の過程で経験する精神的禁欲と想像的官能のうずきの混り合った幸福感を、トルバドゥールたちは《*joi*》（歓び）なる言葉でもって表わし、その愛の効力を繰り返し宣伝した。それは〈宮廷風〉のプラトニック・ラブにおいてのみ到達しうる境地である。トルバドゥールたちは当初から、このような境地を知っていたわけではない。既にギヨームの詩篇においても、この語は何度も用いられているが、それらが精神的向上の確かな要因として、そこまで純化された感情を表わすものでないことを、われわれは知るであろう。[101] この語にそのような新しい性格を帯びさせたのは、彼の後継者たちであった。

ギヨームの時代、既に述べたように貴族社会において女性の地位は確かに向上はしていた。けれども、女性が特別な敬意を払われることはなく、騎士たちにとっては褒賞としての存在のままであり、またそのための〈武勲〉の原動力にまでなることもなかった。愛に関しては、依然として現実主義的で、自然に逆らわず、性的な禁欲や純潔といった考えも未知のものであり、新しい愛の掟となる《*mezura*》（節度）[102]も、まだ恋人たちの語彙の中には見出せなかった。もっとも、貴婦人の中には権能によって異性を愛することができ、愛人や求愛者に〈試練〉をも課しうる力と自由をもった者もいたであろう。十二世紀初頭の頃には、多くの貴族の女性たちは、男性と愛人関係に入った時、最初相手を見下す意味ではなく、無関心や冷淡さを装うすべを覚えていたものと思われる。愛を求める詩人たちをしばしば嘆かせている、あの態度である。

ギヨームは彼の非常に露骨な、また放縦な詩において、愛が不義のもの[103]であることをはっきり示している。その愛は、充足感までの経過の中で殆ど抑制できぬ自然の情熱である。そして女性はその肉体的魅力（美しさ）のためにしか評価されず、女性により道義的あるいは詩人としての価値が高められるという創意は認められない。無論ギヨーム自身は、彼の数々の女性遍歴の中で、女性の肉体的所有だけでは十分満たされぬ他の精神的レベルの欲求があることを、常に自覚していたであろう。彼の作品において読者をしばしば戸惑わせる、女性軽視の肉体的愛から女性の名誉を尊重する精神的恋愛への突然の飛躍も、彼を取りまいていた文化的状況やトプスフィールド氏が《激しやすく、情熱的かつ直情的で、同時に超然として、皮肉屋で教養があり、日常の事柄において自分自身の利害には敏感であるが、それらの向こうに新たな冒険と刺激と喜びを求める[104]》と、いみじくも言い表わしている彼の多面的な性格を考えれば、それほど不思議はない。

ギヨームの詩における着想は、全体として〈宮廷風〉とは非常にかけ離れたものであるが、不惑を過ぎてからのものと思われるいくつかの作品[105]が、その徳目を実践していることからも察せられるように、十二世紀に入った頃には、宮廷風愛の理論の大筋はほぼでき上がっていたものと思われる。しかし現実主義的な騎士風恋愛[106]の反動として、理想主義的な宮廷風恋愛が完成した形で見られるようになるのは、ギヨームの没後四半世紀を経た十二世紀の半ばからである。その頃から、かつて騎士しか愛すべからずとされていた貴婦人たちのもとに、身分・家柄も低いさまざまな階層の出の恋人(詩人)たちが、愛を求めて集まることになるのである。

第三章　作　　品

　ギヨームの現存する十一篇の詩が、彼の生涯を通じて書かれたもののすべてでないことは、彼が十字軍遠征中の俘虜生活の体験を、《王族やお歴々や他のキリスト教徒たちの前で、巧みな抑揚をつけたリズミカルな詩にして》語り聞かせていた、という同時代の年代史家オルデリック・ヴィタルの証言[107]や、その他の指摘[108]を待つまでもないであろう。これらの残されたそれぞれの作品について、どのような順序で書かれたものか、厳密に突きとめることはむずかしい。ただ全体の流れとして、ギヨームの作風が粗放で奔放なもの（騎士風）から繊細で控え目なもの（宮廷風）へ移行していったことは、その時代の過渡的な社会的・文化的状況や、想像される彼自身の内面の変化などから推しても明らかである。ここでは、ギヨームの十一篇の詩を着想や調子から次に述べる三つのタイプに分ける方法で編まれたジャンロワ版の配列に従って、それぞれの作品の検討に入りたい。

　先ず、第一のタイプに属するものは六篇（作品ⅠからⅥまで）あり、これらは年代記作者の証言などと併せ、裸のギヨームの人物像をはっきり浮かび上がらせるといった種類のものである。その内三篇は《Companho》（友ら！）という呼びかけで始まっているが、概ね遊び仲間や飲み友達、戦場や駐屯地の兵士たちを、楽しませ笑わせるために作ったものと思われる。これらはまた、女性に対し一方的に男が書いた、男たちだけに聞かせるための詩でもある。その〈聴衆〉に対し、作者は気まぐれな着想と言葉でもって、才気と機知を縦横に駆使して大いにサービスにつとめる。時には騎士としての誇りを示し、聖職者たちへの敵意も匂わせる。女性を性的な餌食にして語る自慢話は、今日の一般の感覚からすれば、そのまま翻訳するのをためらうような、卑猥な意味にとれる言葉に満ちている。かと思うと、斬新な表現やほら話の方法によって、謎めいた非現実の女性を持ち出す芸当をやってのける。一連のこれらの詩では、再度にわたりローマ教会から破門されるなど、日常の行動が物議を醸すことの多かった〈ドンファン〉が、殆ど地のままの姿で登場している。

第二のタイプは、第一のタイプのものとはまったく趣を異にした四篇（作品Ⅶから Xまで）である。これらにも官能的な色合いは尾を引いているが、恋愛の理想像が主調をなし、高められた愛が宮廷風のつつましやかな調子でうたわれている。その愛はまだ、独自に純化されたプラトニックなものに達していないが、既に愛の奉仕や愛の試練といった宮廷風要素とともに、真心からの愛、繊細で優美な愛の抒情性とメランコリックな感受性のきざしが見られる。思いを寄せる女から便りをもらえず、不安が募る男心を樹上でわななくサンザシの枝にたとえる。二つの詩の冒頭で見られるよみがえる季節の喚起[109]は、のちのトルバドゥールたちのその慣わしの端緒となる。ここでの詩は、ギヨームが四十路に入ってからのシャテルロー子爵夫人への愛と関連づけて考えられているが、いずれにせよ、遊びの中で洗練さを求めるようになっていた当時の貴族たちの趣味と渇望を表わすもので、作者は私人、武人としてよりも、宮廷人としての自覚をもって書いている。

残る第三のタイプは一篇（作品Ⅺ）のみで、ギヨームのものとしては特殊な〈別れの歌〉である。彼の作品中最も個人的なものであり、祖国と息子たちと友人たちへのいとま乞い、この世の虚栄と快楽との訣別、死にゆく者が過去に犯した罪を懺悔し、領主として、子をもつ父親として、友人として、またキリスト教徒としての真情と悔悟を吐露した告白の歌である。

作品 I

I　Companho, faray un vers　　...covinen:
　　Et aura·i mais de foudaz no·y a de sen,
Et er totz mesclatz d'amor e de joy e de joven.

II　E tenguatz lo per vilan qui no l'enten
　　O dins son cor voluntiers [qui] non l'apren;
Greu partir si fa d'amor qui la trob'a son talen.

III　Dos cavalhs ai a ma selha ben e gen;
　　Bon son e adreg per armas e valen;
Mas no·ls puesc amdos tener que l'us l'autre non cossen.

IV　Si·ls pogues adomesjar a mon talen,
　　Ja no volgra alhors mudar mon guarnimen,
Que miels for' encavalguatz de nuill [autr'] ome viven.

V　Laüns fo dels montanhiers lo plus corren;

Mas aitan fer' estranhez' ha longuamen,
Et es tan fers e salvatges que del bailar si defen.

VI L'autre fo noyritz sa jus, part Cofolen,
Et anc no·n vis bellazor, mon escien;
Aquest non er ja camjatz ni per aur ni per argen.

VII Qu'ie·l doney a son senhor polin payssen;
Pero si·m retinc ieu tan de covenen
Que s'el lo teni' un an qu'ieu lo tengues mais de cen.

VIII Cavallier, datz mi cosselh d'un pessamen !
Anc mais no fuy issarratz de cauzimen:
Ges non sai ab qual mi tengua de N'Agnes o de N'Arsen.

IX De Gimel ai lo castel el mandamen,
E per Niol fauc ergueil a tota gen,
C'ambedui me son jurat e plevit per sagramen.

（テキスト：A. Jeanroy）

作品を構成する九つの詩節はそれぞれ、十一音節と十四音節の各行が同じ脚韻を踏む三行詩句より成る（11a 11a 14a）。各詩節の一行目と二行目が十一音節で、各行七音節と四音節に区切られ（7＋4）、詩節の終りを明示するため長くされている三行目の十四音節詩句は、前半句と後半句がそれぞれ七音節（7＋7）になっている。十一音節詩句の場合、句切りの扱い方が十一音節詩句と十四音節詩句とでまったく違う点は、注目に値する。十一音節詩句の場合、十八行中十五行は男性句切りで、[110] 二行（七行目、八行目）はイタリア式の句切りである。[111] 十四行目の詩句は、無強勢音節が省略されていて、これら二つのいずれのケースにも入らない。十四音節詩句の場合は、九行中二行（十五行目、二十四行目）は叙事的な句切り、[112] 残り七行は男性句切りになっている。単韻三行詩節はオック詩独自のもので、この形式（作品Ⅱ、Ⅲも同様）はギヨームの作品の中でも最も古風なものとされ、恐らく土着の民衆詩に準拠したものと見なされている。

Ⅰ

友ら！　ひとつあつらえ向きの歌を作ってみせよう、
これは道理を越えた無分別なものになるだろう、
恋と喜びと若気とのごたまぜの歌といったところだろう。

Ⅱ

下賤なやつだよ、これを理解せぬ者は
またこれをそらんじようとせぬ者も、
誰しもこれぞと思う恋とおさらばするのはつらいことよ。

Ⅲ

俺は二頭乗りごこちのよい馬を持っている、
どっちも良馬で戦闘用に仕込まれ勇敢だ、
だが両方一緒に御しておれぬ、互いに相手が我慢できぬので。

Ⅳ

思いどおりにそいつらを手なずけられれば、
あちこちに馬具なんぞ持ち歩くこともないのだが、
乗馬にかけてはほかの誰よりも俺は引けをとらないから。

Ⅴ

一頭は山岳馬で最高に足の速いやつだった、
ところがそいつは以前から強情で手に負えない、
実に強情っ張りで気性が荒く馬櫛もかけさせてくれないのよ。

Ⅵ

もう一頭はあのコンフォランの向こうの地の育ち、
きっとこいつにまさる名馬を見た者はあるまいぞ、
これには銀貨を、たとえ金貨を積まれようと譲りたくない。

Ⅶ

一度馬主に渡した時は、若駒で牧草を食んでいた、
ただしそれには次のようにするよう話をつけた、
一年間は馬主のものとし、百年以上俺が手もとに置いておく、と。

Ⅷ

騎士諸君、この迷える俺によい知恵はないものか!
選ぶにほとほとこれほど困ったことはない、
いずれを残してよいのやら、アニェスにするかアルサンにするか。

Ⅸ

ジメルの城とそこの土地は俺のもの、
それにニオルも皆に俺が誇りとするものだ、
そのどちらも誓いを立てて俺に忠誠を約束したのだから。

「友ら!」Companho と仲間たちに呼びかけるのは〈騎士〉ギヨームである。聞き手である騎士たちは、その語り手と同様に皆好色である。「道理を越えた無分別」で「恋と喜びと若気とのごたまぜの歌」とは、すなわち騎士にふさわしい愛の歌にほかならない。「若気」joven の「無分別」(狂気)foudaz は、宮廷風愛の徳目となる節度(mezura)も知らなかった騎士風愛では、年老いた者の「道理」(分別)san に挑むものとして、むしろ望ましいものであった。ここでの「喜び」joy は、のちの正統的な宮廷恋愛詩の場合と違い、〈生きるよろこび〉とか〈愛のよろこび〉といった、ごく月並みな意味で用いられている。その場に居る者たちにとって、この詩が「あつらえ向き」covinen であるためには、これを理解せぬ、これを覚えようとしない、従って恋の苦しみなど分かりっこない「下賤なやつ」vilan は、排除されなければならない。つまり誇り高い騎士として、語り手と聞き手との間に黙契が交わされているのである。第Ⅰ、第Ⅱ詩節のここまでが序の部分である。

次に、作者は自分の二人の恋人の身代わりに馬を登場させる。馬は旧約の昔から、いろいろな象徴的意味を含ませて詩文や民間伝承で利用されていた。騎士の世界では、馬は男性の力のシンボルであった。戦場では運命共同体にもなるほど、騎士たちにとって身近な存在であったから、彼らの前で話を生き生きとおもしろくするために、これほど卑近で効果的な喩えはあるまい。

その二頭とも戦いのために調教されたすばらしい乗用馬で、作者としてはいつも二頭一緒に連れて乗り回したいのだが、本人同士が気が合わず反目しあっているので、それができない（Ⅲ）。ともかく、二頭をうまく手なずけることに成功すれば、自分は意のままに乗りこなせる自信があり、他のところで別の馬（女）を探す必要もないのだが（それほどどちらも自分には気に入った馬なのである）（Ⅳ）。一頭は山育ちの駿馬、非常に魅力的なのだがじゃじゃ馬で、疑い深いところもあり、こちらが可愛がってやろうとしても素直に応じてくれない（彼女は男の心を試すすべも心得ているようだ）（Ⅴ）。もう一頭は、あのコンフォランの向こうの広々とした牧場で大事に育てられた、実に美しい申し分のない馬である（コンフォランは、ポワチエの南東約七十キロのところにある小邑で、コンフォラン伯爵家の居城があった）（Ⅵ）。作者は、この馬（女）を彼女が若い娘の時に（性的に）知ったことを自慢する。彼の世話で彼女を（家臣と）結婚させて相手に渡すが、それは一年間という期限付きにして、そのあとはずっと自分が預かることにしたのだ、と公言する（ここで浮かんでくるのは、男性間の交換の対象物としての女性のイメージである）（Ⅶ）。このような次第で、作者はいま選択を迫られている。どちらの女も捨てがたく、（宗主としても）二人とも保護してやらねばならぬ立場にある。何ぞよい方法はないものか。アニェスをとろうか、アルサンをとろうか、どっちにしよう？（これらの人名はいずれも暗号名〔senhal〕であるが、聞き手側は容易に身元確認ができたであろう）（Ⅷ）。ジメルとニオルを支配しているのは我が輩である。このことを自分は誇りに思っている。どちらも既に自分への服従を誓っているのだから、二人ともこの俺のものだよ（ジメルとニオル〔ニウイユ〕は、今日のコレーズ県とシャラント県に実在する地名である。この的確なほのめかしは、二人の女性の夫たちとその城の在りかを示すものと思われる）[113]（IX）。

作品 II

I Compaigno, non puosc mudar qu'eo no m'effrei
De novellas qu'ai auzidas e que vei,
Qu'una damna s'es clamada de sos gardadors a mei.

II [E] diz que non volo prendre dreit ni lei,
Ans la teno esserrada quada trei,
Tant l'us no·ill largu[a] l'estaca que l'altre plus no la·ill plei.

III [E]t aquill fan entre lor aital agrei:
L'us es compains gens a for mandacarrei,
E meno trop major nauza que la mainada del rei.

IV [E]t eu dic vos, gardador, e vos castei,
E sera ben grans folia qui no·m crei:
Greu veirez neguna garda que ad oras non sonei.

V [Q]u'eu anc non vi nulla domn' ab tan gran fei,

Qui no vol prendre son plait o sa mercei,
S'om la loigna de proessa que ab malvestatz non plaidei.

VI [E] si·l tenez a cartat lo bon conrei,
Adoba·s d'aquel que troba viron sei;
Si non pot aver caval ...compra palafrei.

VII [N]on i a negu de vos la·m desautrei:
S'om li vedava vi fort per malavei,
Non begues enanz de l'aiga que·s laisses morir de sei.

VIII [C]hascus beuri'ans de l'aiga que·s laisses morir de ssei.

各行同韻の三行（11a　11a　14a）からなる七つの詩節と、一行の締めくくりの詩節によって構成されている。この最終行は、その前の詩句の殆どそのままの繰り返しで、のちの反歌となるべきものである。十一音節語句（7＋4）十四行中八行は男性句切り、五行はイタリア式句切りであり、十四音節語句（7＋7）八行中七行が叙事的句切り、一行は男性句切りである（十八行目は不明な点があってはっきりしない）。

Ⅰ

友ら！　俺はほんとうに驚かずにいられない
　実際耳にし目で確かめた知らせによって、
実はさる人妻が己が番人どものことで俺に訴えてきたのよ。

Ⅱ

彼女の言うに権利もおきても認めようとせず、
　彼らは三人して彼女を監禁状態にしたまま、
一方が端綱《はづな》を弛めれば、片方がそれだけきつく締めるという。

Ⅲ

彼らは彼女にこんないやな思いもさせている、
　一人だと馬方みたいに愛想がいいんだそうだ、

IV

ところがみんな寄ると王の召使らより大げさに騒ぎ立てる。
ただこれだけは言っておく、番人ども、忠告として、
俺の言うことを信じぬ奴は余程どうかしてるだろう、
時たまうたた寝もせぬ番人なんぞめったにいるものではない。

V

俺はまことに信のおける女など見たことがない、
どんな約束ごとや特別の厚意も求められず、
正道からも遠ざけられ、それでいてずるい策も弄せぬような。

VI

上物《じょうもの》も法外な値段で女に押しつけるなら、
彼女は手もとにある品で間に合わせるだろう、
軍馬が手に入らなければ……行進馬を買うだろう。

VII

君たち俺がこう言ったら誰も異論はあるまい、
たとえ病気を理由に強い酒を禁じられても、
その者は喉が乾いて死んじまうよりむしろ水を飲むだろう、と。

VIII

誰だって喉が乾いて死んじまうよりむしろ水を飲むだろう。

〈囚われの美女〉の話である。（焼きもち焼きの夫のため）日夜厳しい監視のもとにおかれている人妻が、宗主である作者（ギヨーム）に何とかしてほしいと訴えてきた、というのである。その訴えは聞き手たちにとっても、「驚かずにいられない」聞き捨てならぬ大ニュースなのである（Ⅰ）。この人妻を見張っているのは「権利」dreit も「おきて」lei も、つまり男女における正当な要求も守るべき約束ごとも認めようとしない三人の分からず屋たちで、彼らは四六時中互いに連係を保ちながら、片時も彼女の監視の手を緩めることがない（ここでも、女性が強情な〈馬〉扱いにされていることに注目しよう）（Ⅱ）。また、彼女にとってとても不愉快なのは、彼らは一人の時とそうでない時、まるで態度が変わることだ。一人だとえらく丁寧で愛想もよいくせに、一緒だとやかましく騒ぎ立て、あのパリの宮廷の無作法者たちよりもっと行儀が悪くなる（当時、南仏の諸侯から見ると、パリの宮廷人や〔北部の〕フランス人たちは粗野で無教養で、なにかにつけ悪い見本にされていたと思われる）（Ⅲ）。次に作者は、彼女の〈迫害者〉たちが、（〈理〉に反して）彼女に禁を破らせまいと、うたた寝もせず見張っていることの愚かさをあざ笑う（Ⅳ）。女性というものは生まれながら淫奔で不実なもの。男たちとの一切の交渉を絶たれ、女の「正道」（本性）proessa から遠ざけられると、彼女たちは一体どうなるか。その性《さが》である官能的欲求は、男たちのいかなる手段によっても封じることはできない（Ⅴ）。本来なら、女性（貴婦人）は（われわれ）騎士仲間からこそ恋人を選ぶべきである。しかし騎士でも意に反することをされると、彼女たちは身を落としてでも恋の相手に、「軍馬」（騎士）caval の代わりに「行進馬」（騎士でない普段出番のない男）palafrei で間に合わせることもあえて辞さないだろう（Ⅵ）。そんな時の女は、禁酒を言い渡された病人のようなもの。しかし彼女は喉がかわけば水で渇きをいやすだろう。女に恋を禁じても、女はたとえそれが（酒のような）豊醇ならざる（水のように）味のないものであろうとも、恋をしないでいられないのである（Ⅶ、Ⅷ）[114]。

この作品は、当時南部フランスにおいて嫉妬深い夫たちが、妻の身辺警護をさせたり、貞操問題で幽閉などの措置をとっていたこと、それによって、わが身の不運をかこつ人妻が少からずいたことをほのめかすものである。一方、彼女たちから苦情を持ち込まれる騎士の側には、恋愛においても自分たちは同じ仲間だという連帯感があって、こうした訴えは彼らの大きな関心事でもあり、彼女たちを迫害者から守ってやれるのは自分たちだ、という特権階級としての自負と矜持がこの作品からも読み取られる。作者ギヨームも女性のよき理解者らしく（あるいはそれらしく装って）厳しすぎる監視人たちの〈違反〉行為の愚かさをあざけりつつ、暗に彼女に禁を犯すようけしかけている。愛がまだ道義的向上にかかわるものとしてのステータスを獲得していなかった当時の騎士たちは、女性から、たとえそれが人妻であっても、官能的刺激を受け入れることに罪悪感をもつことはなかったし、むしろそれを排除することこそ理にもとるものと考えていた。

宮廷風文学にみられる監視人たち（gardadors）[115]は、貴婦人の貞操の保護の責任を彼女らの嫉妬深い夫たちから託された男たちであり、彼らは《時には、人妻に対し自分たちの影響力を行使して欲望を満たすことも、一時的に宮廷風恋人のライバルに変わることもあったろうと考えられる》[116]。けれどもこの《gardadors》という語は、トルバドゥールの抒情詩において早い時期に姿を消しており[117]、このことはかなり自由を享受できるようになっていた貴婦人たちの地位のため、彼らの権威も職務も失墜し不要になったことを示唆するものである。ここに掲げたギヨームの作品においても、作者の女性への明らかな蔑視の態度と裏腹の寛容さの中に、女性の新しい地位に対する男性側の譲歩の第一歩がかぎ取られる。

作品 Ⅲ

I　Companho, tant ai agutz d'avols conres
Qu'ieu non puesc mudar non·chan e que no·m pes;
Enpero no vueill c'om sapcha mon afar de maintas res.

II　E dirai vos m'entendensa de que es:
No m'azauta cons gardatz ni gorcs ses peis,
Ni gabars de malvatz homes com de lor faitz non agues.

Ⅲ　Senher Dieus, quez es del mon capdels e reis,
Qui anc premiers gardet con com non esteis?
C'anc no fo mestiers ni garda c'a si dons estes sordeis.

Ⅳ　Pero dirai vos de con cals es sa leis,
Com sel hom que mal n'a fait e peitz n'a pres;
Si c'autra res en merma qui·n pana, e cons en creis.

V　E silh qui no volran creire mos casteis

Anho vezer pres lo bosc en un deveis:
Per un albre c'om hi tailla n'i naison [ho] dos ho treis.

VI E quam lo bocx es taillatz nais plus espes,
E·l senher no·n pert son comte ni sos ses;
A revers planh hom la tala si·l dampn...

VII Tortz es ca... dan noi a....

韻律形式は作品Ⅰ、Ⅱと同じ（11a　11a　14a）。各行同韻の六つの詩節と一行の結びの詩節より成る。十一音節詩句の十二行の内九行は男性句切り、三行はイタリア式句切りであり、十四音節詩句では、七行中（十九行目は別として）すべて叙事的句切りになっている。

Ⅰ

友ら！　俺はずいぶん粗悪品をつかまされた
　俺はこれを詩《うた》にし、苦々しく思わずにいられない
だが数々の女との交渉で俺のやったことを人に知られたくはない。

Ⅱ

ただこのことで俺の考えを言っておきたい、
　俺は守りの固い女も魚《コン》(118)のいない淵も好かぬ、
意気地なしどもの実行のともなわぬ、大げさででたらめな話も。

Ⅲ

主なる神さま、この世の支配者で王であるお方、
　最初に女を閉ざした者を、なぜ生かしておかれたのか?
女性《にょしょう》にとってこれ以上ひどい仕打ちも見張りもなかったものを。

Ⅳ

　されば聞かせよう、女のおきてがどんなものか、

それを下手に扱った者がどれ程損をするものかを、
ほかの物なら盗めば減るが、女のモノはむしろ良くなるものなんだ。

V

で、まだ俺の忠告が腑に落ちないという者は
伐木禁止区の森のそばに行って見るがよい、
一本そこで木を伐るならば、二本か三本またそこに生えてくる。

VI

だから森は伐られると、もっと茂った森になるのさ、
あるじはそこで己が利益も地代も失いはしない、
伐木が何ら被害ももたらさぬのに、嘆くのは確かに間違っている。

VII

伐木を嘆くのは間違いだ、何の損にもならぬのに。[119]

作者は「粗悪品」avols conres ―― この言葉には明らかに猥褻な響きがある ―― をつかまされた失望と怒りを、仲間たちに伝えないでいられない。しかし自分の女性遍歴の内容にまで立ち入った話はしたくない、と言う。この思わせぶりな〈宮廷風〉恋人のような口吻は、彼独特のゼスチャーであろう。ただ、作者がここですでに宮廷風恋愛における徳目の一つである〈慎み〉を表明していることは、注目に値する(I)。それから、われわれの意表を突く露骨な語や隠喩でもって、焼きもち焼きの夫や監視人たちへの鬱

憤を表わす。「魚のいない淵」gorcs ses peis の《gorc》（淵）は〝深いくぼみ〟、〝導水路〟などを意味し、《peis》（魚）はその形から男性のペニスを連想させる。それは魚も棲まない淀んだ淵のようなもの。恋についての《con》（＝既婚女性）は閉じ込められたままでは、色香も魅力も失われる。《gabars》（大げさなほら話）も空疎である点において変わるところはない（Ⅱ）。かつて《con》に何の拘束もない時代があった。それを監禁するのは自然の理法に反することで、そのことについて全能であるはずの神は責めを負うべきだ（これは神への冒瀆的言辞である）（Ⅲ）。《con》のおきては、嫉妬深い夫の排他主義とは相容れないものだ。夫が妻の自由を奪えば、妻は夫に対して冷たくなり、夫は妻から快楽も得られなくなる。《con》の機能は自由に使うほど高まる。女の妙味というものは、幾人もの恋人に味わわれるほど増すものなのだ（Ⅳ）。作者は続く詩節（Ⅴ、Ⅵ、Ⅶ）において、具体的な例えでもって自然のおきてと姦通の〈効用〉を説く。《con》は「森」bosc に例えられる。「森」（自然）のおきては《con》のおきてでもある。「木を伐る」ことは禁を破ること、すなわち姦通を意味する。禁を破ることによって森（人妻）は更に豊かに（美しく）なる。それゆえ、「あるじ」（夫）senher たるものは、妻を監視することなどやめ不貞も黙認してやれば、労せずして利益（「地代」ses は不労所得）が得られるはずだ。だのに（妻の不貞を）「嘆くのは間違っている」というのである。

姦淫を勧めるこの詩は、とりわけ反教権を意識しての作品である。しかも今日のわれわれの道徳感覚をもってすれば、卑猥で露骨すぎると思われる内容は、そのまま訳出するのにかなり勇気を要する。従来多くのアンソロジーが、この作品を収載から外しているのは、何よりもその猥褻性によるものと思われる。しかしここで見誤ってならないのは、こうした内容も、決して初期中世の伝統の埒外にあるものではない、ということだ。作者の周辺の上流婦人たちの地位も、その頃のイスラム社会におけるハレム[120]に閉じこめられていた妻妾たちのそれと変わるところはなかったし、作品Ⅱに続いてここではもっとあからさまにけしかけている姦通も、貴族の慣習の中で殆ど日常化していたのである。とは言え、誰をもはばかることなく、このような反教会的で淫靡な戯れ詩《うた》によって、みんなを笑わせながら己の主張ができたのは、卓抜な詩才をもって強大な権力の座にあったこの作者において、はじめて可能であったであろう。奇抜な発想などで相手を面食らわせるのは、いかにも彼らしい手と思われるが、この作品に見られる聞き手をまどわす多義性から、これを難解な詩である《密閉体》trobar clus[121]の最初のモデルの一つとする見方もされている。

作 品 Ⅳ

I　Farai un vers de dreyt nien:
Non er de mi ni d'autra gen,
Non er d'amor ni de joven,
　Ni de ren au,
Qu'enans fo trobatz en durmen
　Sobre chevau.[122]

II　No sai en qual hora·m fuy natz:
No suy alegres ni iratz,
No suy estrayns ni sui privatz,
　Ni no·n puesc au,
Qu'enaissi fuy de nueitz fadatz,
　Sobr' un pueg au.

III　No sai quora·m suy endurmitz
Ni quora·m velh, s'om no m'o ditz.

Per pauc no m'es lo cor partitz
　D'un dol corau;
E no m'o pretz una soritz,
　Per sanh Marsau !

IV Malautz suy e tremi murir,
E ren no·n sai mas quan n'aug dir;
Metge querrai al mieu albir,
　E no sai cau;
Bos metges er si·m pot guerir,
　Mas non, si amau.

V Amigu' ai ieu, no sai qui s'es,
Qu'anc non la vi, si m'ajut fes;
Ni·m fes que·m plassa ni que·m pes,
　Ni no m'en cau,
Qu'anc non ac Norman ai Frances
　Dins mon ostau.

VI Anc non la vi et am la fort,
Anc no n'aic dreyt ni no·m fes tort;
Quan non la vey, be m'en deport,
  No·m pretz un jau,
Qu'ie·n sai gensor et bellazor,
  E que mais vau.

VII Fag ai lo vers, no say de cuy;
E trametrai lo a selhuy
Que lo·m trametra per autruy
  Lay vers Anjau,
Que·m tramezes del sieu estuy
  La contraclau.[123]

八音節詩句と四音節詩句の組み合わされた8a　8a　8a　4a　8a　4bの詩節構造。七つの詩節から成り、それぞれの詩節は他の詩節と脚韻のつながりのない単一詩節（cobla singular）である。形式においてもこの作品は、作品Ⅰ、Ⅱ、Ⅲでみられるオック詩独自の詩法（十一音節と十四音節語句、各行同韻の三行詩節より成る）から、ラテン語起源の教訓詩、聖者伝、物語詩などが用いていた八音節詩句による韻律構成への転換を示すものとして注目される。この八音節詩句は、以後長い間オック語宮廷詩を特徴づけることになる。

Ⅰ

まったくの無について詩《うた》を作ってみよう、
自分のことでもなく他人《ひと》のことでもない、
恋のことでもなく若気のことでもない
　ほかのどんなことでもない
それはそうと眠りながらできたのよ
　馬にまたがったまま。

Ⅱ

自分がいつ生まれたのかわからない、
楽しくもなければ悲しくもない、

気むずかしくもなく馴れ馴れしくもない、
　これはどうしようもないこと、
そのように夜中に魔法をかけられたので、
　ある高い山の上で。

III

自分がいつ寝入っているのかわからない
いつ覚めているかも、誰も言ってくれないと。
今にも俺の胸は張りさけそうだ
　ひどい心痛のため。
だがそんなのは小鼠ほども気にはならぬ、
　聖マルシアルさまに誓って！

IV

俺は病気だ、死ぬかもしれぬと怯えている、
だが病のことは耳にすること以外何もわからぬ。
自分で好きなように医者探しをしてみよう、
　だがどんなのかわからない。
俺を治すことができるなら名医だろうし、
　悪くなれば藪医者だ。

Ⅴ

俺には愛しい女がいる、それが誰だか知らない、
誓って言うが、その女を見たことはないのだもの。
彼女は俺に気に入るも入らぬも何もしてくれなんだ、
　でもそんなのどうでもよい。
ノルマン人もフランス人もこれまで我が館に
　迎えたことはないのだから。

Ⅵ

俺はその女に会いもせぬのに思い焦がれている、
彼女は俺に好意を示したり害をなしたこともない。
その女に会わずとも、俺の方はへいっちゃらだ、
　そんなのはへの河童《かっぱ》だ、
もっと魅力的でもっと美人でもっと上等な女を、
　俺は知っているもの。

Ⅶ

これで詩はでき上がった、誰についてか知らぬ。
では早速これから送りとどけることにしよう
別の者を介してそれをとどけてもらえる者に
　あのかなたアンジューの方へ、

その者にあの女《ひと》の入れ物の合いかぎを、俺に
とどけてもらうために。

「まったくの無について」とは人を惑わすテーマである。無とは有の否定であり、限定しうるものの存在しない混沌とした状態である。この詩は自分にも、恋や若気（詩作の歓び）、その他の一切の自分にかかわるものにも無縁のものだ、と宣言する。「馬にまたがった」詩人の背後に、誇りかな騎士と猥りがわしい漁色家の姿がオーバーラップして浮かびあがる（Ⅰ）。「自分がいつ生まれたのかわからない」。現実的基盤のない自己喪失の状態にあっては、喜びも悲しみもどこにあるのか、自分がどんな性向なのかもわからない。「これはどうしようもないこと」である。生まれたとき妖精に魔法をかけられ、このように運命づけられたのだから[124]（ここには民間伝承的雰囲気が漂っている。超自然の領域における山は、現実の世界を表わす平原と対照をなすものであるが、ここの「高い山」pueg au は、'con'（女陰）にとって代わるものである）[125]（Ⅱ）。「自分がいつ寝入っているのかわからない／いつ覚めているかも」。詩人は「誰も言ってくれないと」という付け足しによって整合される無意識の場と覚めた場の間を、その力関係の中で往き来する。そしてその二つの世界の間で心は迷い、「胸は張りさけそう」になる。しかしその絶望感は払い除けることのできる形而上の迷妄にすぎないから、ちっとも気にはならないのである。「聖マルシアルさまに誓って！」と、ここにMarsau（Martial）の名を持ち出すのは、形式における韻律上だけの理由によるものではあるまい。このリモージュ初代の司教（三世紀頃）であった聖者は、オック詩発祥の地リムーザン地方で熱烈に崇拝されていたのである（Ⅲ）。次の詩節になると「俺は病気だ、死ぬかも知れぬと怯

えている」と、にわかに調子が変わり、詩人は病と死への不安と恐れを訴える。それは恋の病で、性愛の欠如は死をも意味するからだ。ところが、恋に病む者は人から言われてみなければ、自分が病んでいることに気付かぬものだ。ともあれ「医者（恋人）探しをしてみよう」。それが名医であるか藪医者であるかは結果次第だ（これは自明の理である）（Ⅳ）。「俺には愛しい女がいる」。この愛しい女は、詩人が夢想する仮の恋人（理想）である。現実にかかわりあうことのないその女性との間には、過去も体験もないから、彼女から何のおかげも迷惑も被ることはありえない。それは単なる幻影にすぎないもので、自分の館に迎えたことのないノルマン人や（北）フランス人たちと同じように、無縁で遠い存在なのである（ここには、これら異邦人に対する民族的揶揄が込められている）（Ⅴ）。会ったこともない女とのかりそめの恋、それは空想の花園に咲くあだ花で、そんな恋はしなくても一向平気でいられる。いつどこにおいても手軽につくられる想像の恋人は、はかなく無に等しいもので、現実の恋人にとって代われるものではない。それよりもっと魅力的で美しい価値があるのは、生身の恋人の方なのだ（Ⅵ）。「これで詩はでき上がった」。幻影にすぎない恋人であっても、気持ちは搔きたてられる。早速この詩を自分の身代わりとして、他の者（歌い手）を介して送ることにしよう。そうすることにより口伝えで、現実の恋人のもとに届くはず。その相手はアンジューの女《ひと》である。最後に作者は、謎かけの問いに対する答えを求めるかのように、彼女の「入れ物の合いかぎ」を要求する（これにも性的な色合いがある。[126]それが親かぎでなく「合いかぎ」であるのは、相手が人妻ということであろう）（Ⅶ）。

これはいわゆる真面目な詩なのか、戯れ詩《うた》なのか、あるいは神秘的な愛と世俗の愛の混り合った恋愛詩なのか、作品の性格についてはさまざまな解釈がなされている。一見真面目なテーマであるが、作者の態度はノンシャランで、分からない知らないを繰り返し、読み終えたあとわれわれには、不統一な言葉の変調の仮面の下に何が隠されているのだろうかと、あやふやな疑念が残る。人を笑わせたり煙に巻いてよろこんでいたと思われる作者の気質から推して、彼が判じ物のようなものに興味をもっていたことは十分考えられる。古代ギリシア・ローマから受け伝えられ中世の学校などで楽しんでいたと思われる、奇抜で相手の意表を突くような言葉の効果をねらった修辞上の遊び（訓練）の伝統の中に、この作品を位置づけることもできよう[127]。聞き手を突如思考の異なったレベルに引き込む詩節構造は、スペイン＝アラブ詩のムワッシャハー（muwashshah）やザジャル（zajal）においても見られる様式であるが、これはまた中世詩の修辞法上の伝統の一環をなすもので、ギヨーム以後の初期のオック詩においても、対比、対照、逆説の方法によるものが多く見られる[128]。一方、無や想像の恋人といった主題については、ポワチエの宮廷がアウグスティヌス思想を継承するシャルトル学派と伝統的に深いつながりがあったこと[129]、〈無〉の問題は中世を通じて論争されていたこと[130]、またポワチエでは、プラトン主義の哲学的影響がパリやシャルトルより先んじて及んでいたこと[131]、など指摘されている。

作品 V

I

Farai un vers, pos mi sonelh
E·m vauc e m'estauc al solelh.
Domnas i a de mal conselh,
E sai dir cals:
Cellas c'amor de cavalier
Tornon a mals.

II

Domna fai gran pechat mortal
Qe no ama cavalier leal;
Mas s'ama o monge o clergal,
Non a raizo:
Per dreg la deuri' hom cremar
Ab un tezo.

III

En Alvernhe, part Lemozi,
M'en aniey totz sols a tapi:

Trobei la moller d'en Guari
    E d'en Bernart;
Saluderon mi simplamentz
    Per san Launart.

IV La una·m diz en son latin:
《E Dieus vos salf, don pelerin;
Mout mi semblatz de bel aizin,
    Mon escient;
Mas trop vezem anar pel mon
    De folla gent.》

V Ar auzires qu'ai respondut;
Anc no li diz ni bat ni but,
Ni fer ni fust[132] no ai mentaugut,
    Mas sol aitan:
《Babariol, babariol,
    Babarian.[133]》

VI So diz n'Agnes a n'Ermessen:
《Trobat avem que anam queren.
Sor, per amor Deu, l'alberguem,
　Qe ben es mutz,
E ja per lui nostre conselh
　Non er saubutz.》

VII La una·m pres sotz son mantel,
Menet m'en sa cambra, al fornel.
Sapchatz qu'a mi fo bon e bel,
　E·l focs fo bos,
Et eu calfei me volentiers
　Als gros carbos.

VIII A manjar mi deron capos,
E sapchatz ac i mais de dos,
E no·i ac cog ni cogastros,
　Mas sol nos tres,

E·l pans fo blancs e·l vins fo bos
    E·l pebr' espes.

IX (Sor, aquest hom es enginhos,
E laissa lo parlar per nos:
Nos aportem nostre gat ros
    De mantement,
Qe·l fara parlar az estros,
    Si de re·nz ment.)

X N'Agnes anet per l'enujos,
E fo granz et ab loncz guinhos:
E eu, can lo vi entre nos,
    Aig n'espavent,
Q'a pauc non perdei la valor
    E l'ardiment.

XI Qant aguem begut e manjat,

Eu mi despoillei a lor grat.
Detras m'aporteron lo gat
    Mal e felon;
La una·l tira del costat
    Tro al tallon.

XII Per la coa de mantenen
Tira·l gat et el escoissen:
Plajas mi feron mais de cen
    Aqella ves;
Mas eu no·m mogra ges enguers,
    Qui m'ausizes.

XIII 《Sor, diz n'Agnes a n'Ermessen,
Mutz es, qe ben es connoissen;
Sor del banh nos apareillem
    E del sojorn.》
Ueit jorns ez encar mais estei

En aquel forn. 78

XIV Tant las fotei com auzirets:
Cen e quatre vint et ueit vetz,
Q'a pauc no·i rompei mos corretz 81
E mos arnes;
E no·us puesc dir lo malaveg,
Tan gran m'en pres. 84

XV Ges no·us sai dir lo malaveg,
Tan gran m'en pres.[134] 86

八音節詩句と四音節詩句の組み合わせによる8a 8a 8a 4b 8c 4bの構造の単一詩節および二行の最終節（tornada）より成る。各詩節において五行目の詩句が一行目、二行目、三行目の詩句とは押韻せず、四行目と六行目はそれぞれの詩節で異なる韻を含んでいる点を除けば、作品Ⅳの場合と同じ構造である。

Ⅰ

ひとつ詩を作ろう、俺は眠ってはいるが
日に当たりながら歩いているのだから。
世の中には性悪な女たちがいるものだ、
　それが誰だか教えよう、
それはな、騎士たちを愛することを
　さげすんでる女たちだ。

Ⅱ

言語道断のひどい罪を犯しているのだぜ
誠実な騎士を愛さぬ女というのは。
恋の相手が修道士や聖職者というのなら、
　お門違いというものだ。

当然そんな女は火あぶりにすべきだろう
　燃えさかる炎に掛けて。

Ⅲ

リムーザンの向こう、オーヴェルニュへ
俺はひとりお忍びで道をたどっていた。
その折に俺は出会ったのさガラン氏と
　ベルナール氏の細君に。
二人は愛想よく俺に挨拶をした、
　聖レオナールさまに誓って。

Ⅳ

一人がそこのお国言葉で俺に言った。
「神のお助けがありますように、巡礼さま。
そちらさまはきっとよほど尊い家門のお方に、
　お見受けいたしますわ。
だけど世間には仰山いなさるもんですわ
　お瘋癲《ふうてん》さんたちが」

Ⅴ

そこで聞きたまえ、俺が何と答えたか。

俺は彼女にこうともああとも言わなかった、
まともなことは何もしゃべらなかった、
　ただこう言ってやったのよ。
「ババリオル、ババリオル、
　ババリアン」とね。

VI

アニェスがエルメッセンにこう言った。
「ついに会えたわね探し求めてたものと。
ねえ、お願いだから、泊めたげましょうよ、
　きっとこの人啞《おし》だもの、
あたしたちどんなことしようとこの人に
　暴露《ばら》されることないわよ」

VII

一人がひそやかに我が輩の手をとって、
彼女の部屋の暖炉のそばに連れてった。
それはまあ実に俺はいい気分だったよ、
　火はよく燃えていた、
それで俺はほくほくしながら暖をとった

たんとある炭火に当たり。

Ⅷ

女たちは丸々肥った鶏《とり》を食わせてくれた、
はっきり言って二羽分以上はあったろうよ、
しかも料理人もいなければ皿洗いもいない、
　俺たち三人きりなんだ。
それにさパンは白いしワインはうまいし
　胡椒《こしょう》もたっぷりあった。

Ⅸ

「ねえちょっと、この人油断ならないわよ、
わざと口をつぐんでるのよ、あたしたちに。
赤茶毛のニャン公を連れてきましょうよ
　さっそく今すぐに、
あれならすぐ化けの皮をはがしてくれるわ
　騙す気があるのなら」

Ⅹ

アニェスがそこでそやつを探しに行った、
でかい図体の長いひげを生やした猫だった。

だから俺は、それがこっちに来たのを見て、
おっかなびくびくだった、
俺の勇気もあわや失せるところだったよ
そしてファイトまでも。

XI

われわれ飲んだり食ったりしてからすぐ、
俺は女たちの御意のまま服を脱いだ。
俺の後ろに彼女らはその猫を連れてきた
たちが悪くて物騒な。
で、一人がそやつを俺のわきの方に引き寄せた
かかとのところまで。

XII

いきなり彼女が猫のしっぽをつかまえて
ぐいっと引っ張るとそやつは俺を引っ掻く。
おかげでこっちは百をも越す傷だらけ
ほんとそのときは。
だが断固俺は身じろぎもせぬぞと構えていた
たとえ殺されようとも。

XIII

「ねえちょっと」アニェスがエルメッセンに言う、
「ほんとにこの人唖さんだわ、間違いないわ。
それじゃあ早速お風呂の支度をしようよね
　そして楽しみましょう」
一週間とそれ以上俺はお世話になりました
　そのおゆどのでね。

XIV

俺が何度楽しませてもらったか教えよう。
実にひゃくはちじゅうはち回もですぞ、
おかげでこっちの脚のつけ根と用具のほうは
　あわやちぎれそうだった。
あとの痛さは口で言い表わせるものではない、
　そりゃひどいものだったよ。

XV

とても言い表わせないその痛さといったら、
　そりゃひどいものだったよ。

「ひとつ詩を作ろう、俺は眠ってはいるが／日に当たりながら歩いているのだから」。白昼夢に託した自家撞着の手法で、作者はここでも聞き手を惑わして楽しもうとしている。そして、恋の相手を誤っている貴婦人たちへの非難によって主題に入る。自分らの愛を、「誠実な騎士」たちに向け、彼らの精神の高揚に資するようにせねばならぬのに、お門違いの僧侶たちに身を任せている不届き千万な女たちがいる。それは火あぶりの刑に値する罪科だ、と主張する（これは作者が同時に糾弾しようとしている、教会人の言葉のパロディーと取れる）（Ⅰ、Ⅱ）。それから一転して、語り手の個人的な逸話の形で、オーヴェルニュへの巡礼に身をやつしての旅の話に移る。巡礼の衣服をまとえば、一時的にも宗門の身分に入ることができ、それに応じたあらゆる保護が受けられる。二人の婦人（アニェスとエルメッセン）[135]に出会い、愛想よく迎えられる。「聖レオナールさま」san Launart（Saint Léonard）[136]は、当時リムーザン地方で崇敬されていた捕虜（囚われ人）の保護聖人である（Ⅲ）。迎えた女は、語り手（ギヨーム）の日常語であるポワトゥー方言とは違った「お国言葉」で話す。つまり語り手は、偽装のもとに空間的にも、自分の本当の身分からすっかり解放された世界に入ったことになる。にせの「巡礼さま」には、（それまでの体験から）女性はもともと好色で淫らなことがわかっており、ここでその本性を引き出して、思い切り楽しんでやろうという魂胆がある。同様にこの機会を待ち受けていた女たちと、互いの魂胆による駆け引きが始まる。女は敏感に目の前の巡礼姿の男に、ふだん見慣れた巡礼たちにない気品を見てとる。迂闊な態度に出てはいけない。相手の様子をうかがいながら、道行く人に「お瘋癲さん」の多いのを嘆くふりをする（彼女たちには、言わば社会の脱落者の方が、自分たちの立場を危険に陥れることのない好都合な浮気の相手になるのだ）（Ⅳ）。「ババリオル、ババリオル／ババリアン」。相手の魂胆を見抜いているにせ巡礼の方は、唖で通して相手が本性を表わすのを待つ魂胆なのだ（この意味不明なコトバは、僧侶たちの説教を皮肉った揶揄とも取れる）（Ⅴ）。女たちの方は、よそ者の口の利けないらしい男とめぐり合えて心を弾ませる（Ⅵ）。女に手をとられ、暖炉が赤々と燃えるあたたかい部屋に案内される。「実に俺はいい気分」である。官能的欲求を満たす前の、食欲への配慮による供応。「丸々肥った鶏」、白いパンと美酒、「胡椒もたっぷりあった」（胡椒は媚薬とされていた）（Ⅶ、Ⅷ）。しかし女たちは用心深く、新たに疑念が頭をもたげる。相手は「わざと口をつぐんで」欺いているのかも知れない。まことかうそか試すのに、彼女らはとっさに猫の習性を利用することを思いつく。にせの唖のところに連れられてきた「赤茶毛のニャン公」は、見てぞっとするような「でかい図体の長いひげを生やした猫」だ（中世では、猫は魔女の使い魔とされ、「赤茶」は狡猾・陰険を表わす色。当時の飼い猫は愛玩用ではなく、繁殖していたネズミの駆除のためで、敏捷で獰猛な動物と考えられていたと思われる）（Ⅸ、Ⅹ）。「俺」は半裸にされ、その「物騒な」ニャン公が自分のそばまで引き寄せられてきた時の気味の悪さ。いきなり鋭い爪で引っ掻かれ満身創痍になりながら、「たとえ殺されようとも」じっと痛みをこらえ、断じて声をあげまいと悪戦苦闘をしている人間〈ネズミ〉の図のおかしさ（Ⅺ、Ⅻ）。こうして、まんまと女たちを騙しおおせたあと「俺」は一週間以上も居続けて、解放された場（湯殿）で存分に淫楽を重ね、その記録的な絶倫ぶりを誇示する。しかし「あとの痛さは口で言い表わせるものではない」ほど「ひどいものだった」（この「痛さ」は肉体的と同時に罪悪感を伴ったもので、ここにも宗門に対する痛烈な風刺と揶揄が込められている）（ⅩⅢ、ⅩⅣ、ⅩⅤ）。

この詩に現代の大衆娯楽雑誌的な見出しをつけるとすれば、さしずめ〈深窓の奥方たちの性の実態――希代のドン・ファンによる潜入ルポ――〉とでもいうところだろうか。作者は持ち前の巧みな話術で、艶笑譚的な個人の逸話の見せかけのもとに、アイロニーの手法によって、自ら騎士の代表として騎士を弁護し、巡礼（宗門）の仮面を被って〈性〉を演じることにより女性の欺瞞と本性をあばき、〈性〉によって〈聖〉を冒瀆することにより、対立する聖職者たちを揶揄し告発しているのである。なお、男が唖をよそおい女たちを騙くらかして性的欲望をみたすというファブリオ的題材は、イタリアの作家ボッカッチョ（一三一三―一三七五）の『デカメロン』の中においても引き継がれている。[137]

作品VI

I
Ben vuelh que sapchon li pluzor
D'est vers si's de bona color,
Qu'ieu ai trag de mon obrador:
Qu'ieu port d'ayselh mestier la flor,
Et es vertaz,
E puesc ne traire·l vers auctor
Quant er lassatz.

II
Ieu conosc ben sen e folhor,
E conosc anta et honor,
Et ai ardimen e paor;
E si·m partetz un juec d'amor
No suy tan fatz
No·n sapcha triar lo melhor
D'entre·ls malvatz.

III Ieu conosc ben selh qui be·m di,
E selh qui·m vol mal atressi,
E conosc ben selhuy qui·m ri,
E si·l pro s'azauton de mi, 18
Conosc assatz
Qu'atressi dey voler lor fi
E lor solatz. 21

IV Mas ben aya sel qui·m noyri,
Que tan bo mestier m'eschari
Que anc a negu non falhi;
Qu'ieu sai jogar sobre coyssi 25
A totz tocatz;
Mais en say de nulh mo vezi,
Qual que·m vejatz. 28

V Dieu en lau e Sanh Jolia:
Tant ai apres del juec doussa

Que sobre totz n'ai bona ma,
E selh qui cosselh mi querra
    Non l'er vedatz,
Ni us de mi noa tornara
    Descosselhatz.

VI Qu'ieu ai nom 《maiestre certa》:
Ja m'amigu' anueg no m'aura
Que no·m vuelh' aver l'endema;
Qu'ieu suy d'aquest mestier, so·m va,
    Tan ensenhatz
Que be·n sai guazanhar mon pa
    En totz mercatz.

VII Pero no m'auzetz tan guabier
Qu'ieu non fos rahusatz l'autre'ier,
Que jogav'a un joc grossier,
Que·m fon trop bos al cap primier

Tro fuy 'ntaulatz;
Quan guardiey, no m'ac plus mestier,
Si·m fon camjatz. 49

VIII Mas elha·m dis un reprovier:
《Don, vostre dat son menudier,
Et ieu revit vos a doblier.》
Fis m'ieu: 《Qui·m dava Monpeslier, 53
Non er laissatz.》
E leviey un pauc son taulier,
Ab ams mos bratz. 56

IX Et quant l'aic levat lo taulier,
Empeis los datz,
E·ill duy foron cairavallier[138]
E·l terz plombatz. 60

X E fi·ls fort ferir al taulier,

E fon joguatz. 62

8a 8a 8a 8a 4b 8a 4bという体系の七行詩句から成る十詩節、および締めくくりの四行から二行へ短縮された二つの詩節によって構成されている。作品Ⅳと作品Ⅴの形式に近いが、この作品では四行目にも一行八音節詩句が加えられており、四音節詩句は同一音であって、且つ二つの詩節ごとに押韻している。

Ⅰ

多くの者にぜひみてもらいたい
この詩《うた》はよい色合いであるかどうか、
これ俺の工房から取り出したのだが。
この道でも俺は賞がとれる腕前なんだ、
　これはまさしくほんとのこと、
何よりも作品でそれを証明してもらおう
　これが仕上がったところで。

Ⅱ

俺は分別と愚行はよく心得ている、
また恥辱と名誉もわきまえている、
大胆なところもあり恐怖心もある。

だから君らに恋の手合わせを申し込まれても
相手方のよしあしを
見分けることができないほど我が輩は
阿呆ったれではない。

III

俺は自分をほめてくれるやつをよく知っている、
それにまた俺をのろっているやつも、
俺にほほえみかけてくるやつもよく知っている、
だから好ましい連中が付き合いたいというなら、
俺としても彼らを楽しませ
喜ぶようにしてやらねばならないことは
十分にわかっている。

IV

俺を育てた者に神の祝福のあらんことを、
だれの期待にも決してそむくことのない
すばらしい技《わざ》を俺に得させてくれたのだから。
俺はクッションの上で遊ぶすべを心得ている
どのような遊び《ゲーム》でも。

俺の仲間のだれよりもよくそれを知っている
　君たちごらんのとおり。

V

これも神さまと聖ジュリアンさまのおかげ。
俺はこのお遊びをすっかり身につけてるから
腕前の方はどんなやつにもひけを取らない、
だから俺に助言を求める者があれば
　断ることはあるまいし、
当てが外れた思いで帰って行くやつは
　一人もいないだろう。

VI

俺はこの道の《まがう方なき大家》だもの。
だから一夜この俺と情を交わした女で
あくる日俺を欲しがらない者はいない。
その技においてこの俺は、自慢じゃないが、
　道をきわめているのだから
おかげでもって、どこの市場に出されても
　飯が食えるというわけさ。

VII

そこでまあ聞いてくれ、これは冗談ではない
実はおとといも相手は俺を放さなんだ、
猛烈な手合わせをやっていた時によ。
最初の一振りが非常にうまくいったもので
　長いこと俺は受けて立った。
ふと気がつくと、もう打つ手がなくなってた、
　つきが変わってたんだ。

VIII

相手の女はこう言って俺をなじった。
《お殿、それっぽちではもの足りないわ、
おねがい、もういっぺん振りなおして》
俺は答えた。《たとえモンペリエをもらっても、
　この勝負を投げはしない》
俺は相手のゲーム盤をすこし持ち上げた、
　両の腕で抱きかかえ。

IX

そしてそのゲーム盤を持ち上げるとすぐ、
　俺は骰子《さいころ》をひんにぎった。

次の二番の勝負は正々堂々と渡り合えた
さすが三番目は重かったな。

X
とにかくそれらを力いっぱい盤にぶつけた、
かくて勝負は終わったわけさ。

採光によってみごとに映える教会のステンドグラスやフレスコ技法による多彩色の壁画などに見られるように、対象物にいかによい色合いを与えうるかは、とりわけ中世の工芸家たちにとっては腕の見せどころだったであろう。作者が自信ありげに広言する詩の「色合い」とは、彼が表現の技巧によって表わそうとしている意味合いや〈あや〉のことである。bona color（よい色）（v. 2), obrador（アトリエ）（v. 3), mestier（仕事、技巧）（v. 4), auctor（証人）（v. 6), lassatz（<lansar 作り出す）（v. 7）など修辞上の特殊な語の使用によっても、己の詩の技法のレベルの高さを示そうとしている（Ⅰ）。詩人は次に「俺は知っている」Ieu conosc（v. 8, v. 15), E conosc（v. 9, v. 17), Conosc（v. 19), 更に ieu sai（v. 25), en say（v. 27）という語の反復により、自分が物事の道理や善悪の判断能力、恋の相手を見る目、人との付き合い方など、良識人、よき恋人、よき社交人としてのすべての適性をそなえていると自慢する（Ⅱ、Ⅲ）。次の詩節からそれまでの〈真面目な〉語調は、「クッションの上」での遊び（ゲーム）の達人だという淫靡な色合いを帯びた自慢話へ移行する。作者はこれまた得意とする社交上の骰子遊びを、すでにクッションの上（閨房）での秘技と裏側でダブらせているが表には出さない。「聖ジュリアン」(139)は渡し守、旅人、宿主

たちの保護聖人。旅する者のつれづれを慰める〈遊び〉の指南役をも引き受けていたのであろうか。「この道の《まがう方なき大家》」と自任する語り手は、女性を満足させることのできる秘技によって、「どこの市場に出されても／飯が食える」と自嘲的に身を売る男妾に見立ててらっぱを吹く（Ⅳ、Ⅴ、Ⅵ）。聞き手たちは「冗談」ととれるような話だけでは納得しないだろう。作者はクッションの下に潜ませていた骰子ゲーム盤を持ち出しての巧みな隠喩により、つい「おととい」の〈体験談〉として、果敢に繰り返し挑んでくる相手に己の性的非力を指摘され、きびしい注文をつけられながらも、《たとえモンペリエをもらっても／この勝負を投げはしない》と己を奮い立たせ、なんとか最後まで持ちこたえ、《大家》として面目を施したという「猛烈な手合わせ」の場面を披露して締めくくる（Ⅶ、Ⅷ、Ⅸ、Ⅹ）。

ダイス遊びの仲間たちを特に念頭において作ったと思われるこの詩は、前作品Ⅴと同様、己の性的能力を誇示するものであるが、自慢の詩作の腕前をダイスとベッドでの〈遊び〉のわざにうまくからませて、艶笑風に仕立て上げている。余韻的効果をねらって、最後に話を盛り上げたところでさっと幕をおろすところは、話術にもたけ常日ごろよく皆を笑わせながら相手の反応を観察していたと思われる作者らしい、つぼをよく心得た締めくくり方である。一方、作者が巧みにしのばせている言語上の意味あいについて、例えば「ゲーム盤」と「骰子」がここで何を象徴するものか説明する必要はないであろう。先で言及した《(Ieu) conosc》（俺は知っている）という表現は、第Ⅱ、第Ⅲ詩節で五回繰り返されているが、L・ケンドリック女史は、これを“Ieu-con-osc”という三語に分離すれば〈女陰《コン》へ斬り込む、押し入る〉（osc<oscar［＝entailler］）という意味にもとれ、また第Ⅴ詩節の最終行の《Descosselhatz》（助言されずに、当てが外れて／〈desco(n)s(s)elhar［＝deconseiller］〉）についても、“con-selha”に分けると〈女陰に鞍を置いて、跨って〉（selh<selar［＝seller］／接頭辞 des- により反対の意味になる）という解釈も可能

として、これらの語に付されていると思われる両義性を指摘している。[140]

作品 VII

I Pus vezem de novelh florir
Pratz e vergiers reverdezir,
Rius e fontanas esclarzir,
Auras e vens,
Ben deu quascus lo joy jauzir
Don es jauzens.

II D'Amor non dey dire mas be.
Quar no n'ai ni petit ni re?
Quar ben leu plus no m'en cove;
Pero leumens
Dona gran joy qui be·n mante
Los aizimens.

III A totz jorns m'es pres enaissi
Qu'anc d'aquo qu'amiey non jauzi,

Ni o faray ni anc no fi.
    Qu'az esciens
Fas mantas res que·l cor me di:
    《Tot es niens.》

IV Per tal n'ai meyns de bon saber
Quar vuelh so que no puesc aver,
E si l reproviers me ditz ver
    Certanamens:
《A bon coratge bon poder,
    Qui's ben suffrens.》

V Ja no sera nuils hom ben fis
Contr'Amor si non l'es aclis,
Et als estranhs et als vezis
    Non es consens,
Et a totz sels d'aicels aizis
    Obediens.

VI Obediensa deu portar
A motas gens qui vol amar,
E coven li que sapcha far
Faigz avinens,
E que·s gart en cort de parlar
Vilanamens.

VII Del vers vos dig que mais en vau
Qui ben l'enten ni plus l'esgau,
Que·l mot son fag tug per egau
Cominalmens,
E·l sonetz, qu'ieu mezeis me·n lau,
Bos e valens.

VIII A Narbona, mas ieu no·i vau,
Sia·l prezens
Mos vers, e vuelh que d'aquest lau
M sia guirens.

IX

Mon Esteve, mas ieu no·i vau,
Sia·l prezens 48
Mos vers e vuelh que d'aquest lau
Sia guirens.

八音節詩句と四音節詩句の組み合わせで、作品Ⅳ、Ⅴ、Ⅵと形式はほとんど同じである。8a 8a 8a 4b 8a 4b型の七つの詩節に、〈反歌〉となる二つの四行詩節（tornadas）が加えられている。脚韻は四音節詩句では同一不変であるが、八音節詩句の方は詩節ごとに異なっている。

Ⅰ

ふたたび牧場に花ほころび
果樹園に緑よみがえり、
小川や泉の水清らに澄み、
　風そよ吹けば、
人はみな自ずと歓びにひたる
　わが歓びとして。

Ⅱ

愛をわたしはただ称えるだけ。
なぜ自分は一向愛に恵まれぬ？
多分これ以上求めてはならないのだ。
　けれどもいずれ
愛は大いなる歓びを与えるはず

その掟を守る者に。

Ⅲ

常にこれがわたしの定めだったのだ
愛したものに報いられたことがない、
これからもそうだろう、今までそうだった。
だから承知している
何をするにも心が自分に告げるのを、
《すべてむなしい》と。

Ⅳ

自分がよろこびに恵まれないのは
不可能なものを得ようとするからだ、
だが諺に次のようにあるのは確かに
そのとおりである、
《ひたむきな心に大いなる力が生ず、
耐え忍ぶ者において》。

Ⅴ

何人《なんびと》も愛の神の忠実な奉仕者に
なりえない、その意志に従わねば、

そして異国の者にも隣人たちにも
　心遣いをせねば、
その住む所のすべての者たちにも
　従わなければ。

Ⅵ

多くの人たちに服従することを
示さねばならぬ、恋せんとする者は、
そして心得ておかねばならぬ、
　品よく振る舞い、
愛を求めるとき下卑たことばを
　口にせぬように。

Ⅶ

この詩について、大いに褒められてよい
これをよく理解し楽しめる者は、
語句はすべてむらなくきちんと
　練られているし
旋律も、われながら自慢できるほどの
　出来ばえだから。

Ⅷ　ナルボンヌへ、わたしは参らぬので、
　　このわたしの詩が
　進ぜられ、これに対する賛辞の
　　保証されんことを。

Ⅸ　エステーヴのもとに、わたしは参らぬので、
　　このわたしの詩が
　進ぜられ、これに対する賛辞の
　　保証されんことを。

美しいさわやかな季節の到来。よみがえる自然は人びとの心を高揚させ、よろこびに満たす。春は再生と同時に求愛の季節である。冒頭、芽生えの時節の喚起によって愛を歌い始める慣わしは、西欧において騎士道的恋愛が形成される以前のアラブ詩や、十世紀のネオ・ラテン詩ですでに見られるものである（Ⅰ）。そうした自然を目の当たりにして、作者は愛に恵まれず失意の中にある自分に気づく。外界と内界、明と暗のコントラストは、「なぜ自分は一向愛に恵まれぬ?」という問いに始まる問答のような波動のリズムに変わる。「愛は大いなる歓びを与えるはず／その掟を守る者に」。愛することはある種のルールを受け入れることだ。この〈掟〉aizimens（v. 12）（＝règlements/'aizi'＝maison, demeure）には城壁の暗示的意味があり、〈砦〉を

めぐる攻防にたとえられる愛の戦いを連想させる。[141] 恋する男は意中の女性を取り囲む防壁を乗り越え、その対象〈貞操〉に迫って執拗に攻める。遂に相手を降伏させると《騎士道の典型的な逆転によって、愛する男の方が彼女の征服者であると同時に捕虜となる》[142]のである。結局、敗北したのは男の側で、彼はその女性〈主君〉の家臣となり服従を強いられる。これが愛の戦争における〈掟〉なのである（Ⅱ）。「常にこれが私の定めだったのだ／愛したものに報いられたことがない」。思えば安易なこれまでの女性遍歴がもたらしたものは幻滅だけ。恋人としての自分に懐疑的にならざるを得ない。すべてが空しく思われる。これらの詩句には、旧約『伝道の書』の《空の空、いっさいは空である》[143]という聖句が明らかに投影している（Ⅲ）。「よろこび」が得られぬゆえの空しさはなぜ？と作者は再び自問し、「不可能なものを得ようとするからだ」という答えを出すと同時に、「耐え忍ぶ」ことの必要を自分に言い聞かせる。まだ官能的な意味を引きずっているこの「よろこび」bon saber（v. 19）（bonsaber＝plaisir）にしても、[144]〈試練〉とまでは言えないこの忍耐にしても、[145]道義的完成の理想を掲げるあの宮廷風愛が確立する前の段階のものである（Ⅳ）。続く詩節で、愛の〈掟〉としての〈服従〉の必要性を繰り返し強調する。愛に忠実であるためには従順であらねばならない。この従順さは、相手の女性に対するのみならず、すべての他者への心遣い、言動の慎みなどの向上志向により、エロス〈性愛〉をアガペー〈隣人愛〉にとって代えようとするものである。従って、ここで用いている「忠実」fis（v. 25）なる語は、封建的または宗教的意味合いだけでなく、世俗的な〈従順さ〉をも表わし、またいずれも〈服従〉を表わすobediens（v. 30）とobediensa（v. 31）も、上位の者が女性や下位の者たちにも倨傲や尊大さを捨て、謙虚な優しい好意的な態度で接することを意味する。それ故、のちのトルバドゥールたちが意中の奥方に対して、自分が忠実な恋人であり愛における〈家臣〉であることのあかしとして用いる《obedien》とは、語の内容において同一ではない[146]（Ⅴ、Ⅵ）。最後は、話の局面を一変させ、この詩の出来ばえと詩作の腕前を自賛する。本当に詩の価値のわかる者が楽しめるものこそ、すぐれた詩である。まさにこの詩こそそれに値するものだ、と(Ⅶ)。そして結びは、反歌の形でこの作品の出来ばえの保証を第三者に求める。詩の届け先とされている《Narbona》と《Esteve》については、これらの裏付けとなる証拠はない。前者の地名は、漠然とした空間の隠喩的な遠隔の場所というだけで、特定のものでないという見方もあり[147]、後者については、詩人の使者をつとめた歌い手ではないか[148]、あるいはこの男性化された暗号名の背後に愛の対象の女性が隠されているとか[149]、更には当時すでに〈宮廷風〉で文学サロン化したサークルのようなものがあって、そこで評定者の役をつとめていた人物ではないか[150]、などさまざまな解釈がなされている。

風刺や揶揄を織り込み諧謔を弄し、教会人を皮肉ったり、官能的愛がベースのしばしば露骨な話で人を笑わせ自分も楽しんでいたと思われるギヨームが、突如改まったつつましい調子で、幻滅や情熱のむなしさ、精神を高めるものとしてのより洗練され内面化された愛を歌いだす。この急激な変調と着想の転換で開かれた彼の新たな詩境は、社会的・文化的要因が複雑に絡んで過渡的状況にあり、さまざまな面で価値観が変わりつつあった当時の南フランスにおける貴族社会の現実と無縁ではあるまい。それにまた、彼自身の実生活を通しての内面の変化をも考慮に入れなければならない。ギヨームが若い時分からの女性遍歴にピリオドを打ち、ポワチエの館で愛人ラ・モーベルジョンヌと同棲を始めたのは一一一五年、彼が四十代半ばにさしかかった頃である。彼女はその後終生ギヨームに付き添うことになる。この作品で歌われている不首尾な結末の恋の幻滅や情熱のむなしさは、作者自身の心情に近いものを表わしたものであるなら、この詩が作られたのは少なくともその生涯の節目より以前であると考えられる。一方、ギヨームは最後に、この詩の出来ばえの保証を第三者的な筋に求めているが、いわゆる〈宮廷風〉的基準により新しいジャンルのものとしての作品を評価する合議の場所ができていたとすれば、この詩はギヨームがその新しいタイプの詩へ〈挑戦〉を試みたあるいは第一作かもしれない。だとすれば、これは彼の詩業においてのみならず、当時のオック詩壇の新時代を画する重要な作品ということになろう。

作品Ⅷ

I

Farai chansoneta nueva
Ans que vent ni gel ni plueva;
Ma dona m'assai' e·m prueva,
Quossi de qual guiza l'am;
E ja per plag que m'en mueva
No·m solvera de son liam.

II

Qu'ans mi rent a lieys e·m liure,
Qu'en sa carta·m pot escriure.(151)
E no m'en tengatz per yure
S'ieu ma bona dompna am,
Quar senes lieys non puesc viure,
Tant ai pres de s'amor gran fam.

III

Que plus ez blanca qu'evori,
Per qu'ieu autra non azori.(152)

Si·m breu non ai ajutori,
Cum ma bona dompna m'am,
Morrai, pel cap sanh Gregori,
Si no·m bayz' en cambr' o sotz ram.

IV

Qual pro y auretz, dompna conja,
Si vostr' amors mi deslonja ?[153]
Par queus vulhatz metre monja.[154]
E sapchatz, quar tan vos am,
Tem que la dolors me ponja,
Si no·m faitz dreg dels tortz qu'ie·us clam.

V

Qual pro y auretz, s'ieu m'enclostre
E no·m retenetz per vostre ?
Totz lo joys del mon es nostre,
Dompna, s'amduy nos amam.
Lay al mieu amic Daurostre
Dic e man que chan e [no] bram.

VI

Per aquesta fri e tremble,
Quar de tan bon' amor l'ami;
Qu'anc no cug qu'en nasques semble[155]
En semblan del gran linh n'Adam. 34

七音節詩句に八音節詩句が結びついた7a　7a　7a　7b　7a　8bという詩節構成。五つの六行詩節と結びの四行詩節より成り、それぞれ終始同音の四行目と六行目の詩句を除き、詩節ごとに異なる脚韻の単一詩節である。四行目の詩句末の語は第Ⅴ詩節の‘amam’（amarの直説法現在：一人称複数）を除き、他は‘am’（amarの直説法現在：一人称単数または接続法現在：一人称および三人称単数）という響きのよい韻の繰り返しになっている。またこの詩は、ほかはすべて男性韻であるギヨーム作品のなかにあって、女性韻（a韻はすべて女性韻）が用いられている唯一の例外で、それがソフトな印象を与え、軽快ではつらつとしたリズムの七音節詩句と相まって、大衆歌謡調のものになっている。

Ⅰ

新しい小粋《こいき》な歌を作ってみよう
風吹き凍てつき雨降らぬ間に。
愛しい女《ひと》が私を試し確かめる、
どんな風に私が愛しているかを。
だがどう言いがかりを付けられようと
とても私は彼女との絆から離れられまい。

Ⅱ

いや、もう彼女にはぞっこんなので、

彼女のしもべにしてもらってよい。(156)
だから心ない奴と思わないでほしい
すばらしい女だもの、愛したって、
彼女なしに生きていられないのだから、
それほどに彼女の愛を求めているのさ。

III

あの女《ひと》の肌は象牙よりもなお白い、
だからほかのどの女もあがめない。
もしすぐにでもわが愛しい女が、
愛でもって自分を助けてくれなければ、
死ぬだろう、聖グレゴリオの首《こうべ》に誓って、
寝室か木陰でくちづけしてくれなければ。

IV

何の得になりますか、麗しい女よ、
私をあなたの愛から遠ざけたとて?
あなたは尼さんになりたいようだけど。
知ってほしい、あなたへの私の愛を、
我ながらもだえ死ぬかと思うほどの、

この訴えが聞き入れてもらえぬのなら。

何の得になりますか、私が僧院に入り
あなたの愛と無縁の者になったとて?
この世のすべての歓びはわれらのもの、
愛しい女よ、二人が愛し合うならば。
かの地では、わが友ドーロストルへ
言っておく、声抑えて歌っておくれこの歌を。

Ⅴ

あの女に対すると怖じけ震えが来る、
それもこよなく彼女を愛すればこそ。
これほどの麗人はかのアダム様の
偉大な血統から生まれたと思えないから。

Ⅵ

この詩も作品Ⅶと同様、季節の喚起によって歌い始める。ただしこの場合は、草木の緑のよみがえるさわやかな季節でなく、寒く厳しい冬を間近に控えた時節である。老年の境に入り残んの愛欲をいとおしむ男が、「愛しい女」に試されようとしている——そんな男の心情にマッチした時節である。「どう言いがかりを付けられようと／…彼女との絆から離れられまい」。男にとって離れられない絆は、その恋が運命的なものであることを示唆している（作者ギヨームには、あのトリスタンの愛の伝説のことが念頭になかっただろうか。彼はウエールズのジョングルールによって、この物語を聞かされていたはずである）[157]（Ⅰ）。「いや、もう彼女にはぞっこんなので／彼女のしもべにしてもらってよい」。封建制の臣従の礼に倣った愛の奉仕の申し入れである。恋する男は、たとえ大領主の身分であろうと、少くとも理論上精神面で己の世俗的権威を放棄し、女性側を優位に立たせ、彼女の支配下に身を置こうとする[158]。解消できない運命的な恋であれば、男にとって「彼女なしに生きていられない」のである（Ⅱ）。詩人が意中の女性の愛を渇望し彼女を称えるのは、その女性の「象牙よりもなお白い」美しい肉体のためである。そして相手に対する詩人の欲望は、口づけしてもらえなければ死ぬ、というほどつよい（接吻 ‘baizar’ は、十二世紀には教会や臣従の誓いの儀式の一部であった。従って、それは中世人にとり、愛情のしるしでありまた厳粛な行為でもあった。トルバドゥールにあっては、この語は〈男女が同衾する〉意味にも用いられている[159]。（トリスタンの）運命的な恋の行きつくところが〈死〉であったことを思い起こそう。逢瀬の情緒的な場所として特定している「寝室か木陰（果樹園）」は、作者の思いつきによるものでなく、彼の学問的素養によりオヴィディウスの恋愛歌や旧約のソロモンの雅歌などから、無意識あるいは意識的に借用したとも考えられる[160]。「聖グレゴリオの首に誓って」には、不敬なふざけの意味がこめられている。「聖グレゴリオ」はグレゴリウス一世[161]のことと思われるが、この最後のラテン教父は自らを〈神の僕のしもべ〉と称し、その著作において試練はほとんどが神の怒りの表われであり、それに服従するよう説いているのである（Ⅲ）。「何の得になりますか、麗しい女よ／私をあなたの愛から遠ざけたとて？／あなたは尼さんになりたいようだけど」（v. 19–21）。「何の得になりますか、私が僧院に入り／あなたの愛と無縁の者になったとて？」（v. 25–26）[162]。相手の慇懃で素気ない態度に、詩人はアイロニーと抗議を含んだ問いにより、〈分かち合う愛〉への誘いでもって対抗する。「二人が愛し合うならば」(v. 28)「この世のすべての歓びはわれらのもの」(v. 27)。一人称複数で示されているように、男性側から女性側への愛の権利と利益の譲渡と移動、愛の歓びの男女対等の分配がここではっきり宣言されている。しかも、この望みがかなうか否かは、一に女性側の態度いかんによるのである。「わが友ドーロストル」は、おそらく声量の豊かさが自慢であったジョングルールであろう。この歌い手への作者の注文にも、軽妙な皮肉のおかしみがある(Ⅳ、Ⅴ)。転じて最後に、「愛しい女」を再び褒め上げ、「これほどの麗人はかのアダム様の／偉大な血統から生まれたとは思えないから」と、最大限の賛辞を呈して全体の詩意を結合する(この「愛しい女」は、以後宮廷風の衣装をまとい変身を繰り返しながら、トルバドゥールたちの憧憬の座を転々と経巡ることになる)(Ⅵ)。

ギヨームの作品としてここに唯一みられる愛のための〈死〉は、最も理想化された愛における献身の形の表現として、やがて開ける宮廷風恋愛詩の最盛期(十二世紀中期〜後期)に、詩人たちが特に好んで用いた語の一つである。[163] しかしここで作者が相手に求めているのは官能的な愛であって、決してプラトニックなものではない。たとえ愛のための苦悩や死を口にしても、そのあとに続く訴えのアイロニカルな調子などから、詩人はむしろおもしろがってこの真摯であるべきテーマを扱っているように思われる。軽妙洒脱を志向した作品とみるべきであろう。なおこの作品Ⅷは、ギヨームの詩を伝える十種類の写本中パリ国立図書館蔵の一写本(C)のみにより保存されているが、かつてこれをギヨームの作とすることについて、一部で疑問視されたこともある。その主たる理由は、作者が冒頭の詩句で用いている'chansoneta'という語[164]の斬新さと、ギヨームの他の作品で見られない女性韻がこの詩に現われていることにあった。しかし今日では、全体的な作風や修辞上の独創性などからも、まさしくギヨームの作であるとすることに異論はみられない。

作品 IX

I

Mout jauzens me prenc en amar
Un joy don plus mi vuelh aizir,
E pus en joy vuelh revertir
Ben dey, si puesc, al mielhs anar,
Quar mielhs onra·m, estiers cujar,
Qu'om puesca vezer ni auzir.

II

Ieu, so sabetz, no·m dey gabar
Ni de grans laus no·m say formir,
Mas si anc nulhs joys poc florir,
Aquest deu sobre totz granar
E part los autres esmerar,
Si cum sol brus jorns esclarzir.

III

Anc mais no poc hom faissonar
Co's, en voler ni en dezir

Ni en pensar ni en cossir;
Aitals joys no pot par trobar,
E qui be·l volria lauzar
D'un an no y poiri'avenir.

IV Totz joys li deu humiliar,
Et tota ricor obezir
Mi dons,[165] per son belh aculhir
E per son belh plazent esguar;
E deu hom mais cent ans durar
Qui·l joy de s'amor[166] pot sazir.

V Per son joy pot malautz sanar,
E per sa ira sas morir
E savis hom enfolezir
E belhs hom sa beutat mudar
E·l plus cortes vilanejar
E totz vilas encortezir.

VI　Pus hom gensor no·n pot trobar
Ni huelhs vezer ni boca dir,
A mos ops la vuelh retenir,
Per lo cor dedins refrescar
E per la carn renovellar,
Que no puesca envellezir.

VII　Si·m vol mi dons s'amor donar,
Pres suy del penr' e del grazir
E del celar e del blandir
E de sos plazers dir e far
E de sos pretz tener en car
E de son laus enavantir.

VIII　Ren per autruy non l'aus mandar,
Tal paor ay qu'ades s'azir,
Ni ieu mezeys, tan tem falhir,
No l'aus m'amor fort assemblar;

Mas elha[167]·m deu mo mielhs triar,
Pus sap qu'ab lieys ai a guerir. 48

〈反歌〉となる結びの節（tornada）なしの八つの詩節より成り、それぞれ8a 8b 8b 8a 8a 8b という、すべて八音節と六行の詩句による同一音の単純な詩節構造。例によってここでも男性韻しか用いず、またそれらは特徴として殆どすべて、不定詞の語尾によって構成されている。[168]

Ⅰ

歓喜に満ちあふれ私の愛が始まる
まことの歓びにもっとひたりたい、
そして歓びにもどりたいので
できれば、当然最高のものを求める、
見聞きしうる最高のものによってこそ、
確かに、面目が施されるのだから。

Ⅱ

私は、知っての通り、ほら吹く義理もなく
褒めそやされていい気になりもしない、
けれど何らかの歓びが花開いたなら、
それは他のどのものよりも実を結び
それらよりひときわ燦然と輝くはず、

暗い日を明るく照らす陽の光のように。

Ⅲ

だれも想像をさえし得なかった
これほどの歓びは、望んでも欲しても
思ってみてもよく考えてみても。
これほどの歓びは得られるものでない、
そして相応にそれを称えようとして
一年かけても称えきれるものではない。

Ⅳ

どんな歓びもそれにはかなわぬはず、
そしてどんな気品も譲歩するはず
わが愛しい女《ひと》には、その懇ろな応対と
その美しい魅惑的な眼差しゆえに。
かくて百年以上は生き長らえるはず
かの女《ひと》から愛の歓びを勝ち得る者は。

Ⅴ

その歓びにより彼女は病者も癒しうる、
またその怒りでもって聖者をも死なせ

思慮分別のある者の気をも狂わせ
美男子にはその容色をおとろえさせ
こよなく優雅な男子をも下賤な男にし
いかに下賤な男をも優雅な男子にしうる。

Ⅵ

かの女にまさる佳人は出会うことも
目で見ることも口でも言い尽くせぬので、
彼女は自分だけのものにしておきたい、
わが内において気分さわやかとなり
わが肉体の力をよみがえらすために、
この身の老い行くことのないように。

Ⅶ

わが愛しい女《ひと》が愛を与えてくれるなら、
いつでもそれを受け入れ心から謝し
人に知れぬようご機嫌をうかがい
その女《ひと》の意にかなうよう話し振る舞い
その女《ひと》の優れた価値を高く評価し
その女《ひと》のことを大いに称賛するつもり。

VIII

彼女への言づてを人に頼む気になれぬ、
それほどに彼女を怒らせることを恐れ、
私自身、過ちは犯したくないので、
とても自分の愛を打ち明けられない。
だが彼女は最善のものを選んでくれるはず、
彼女しか私を救い得ぬのを知っているから。

愛の歓び ―― それは恋人であることの歓びである。新たな愛のこの歓びあふれる気分に「もっとひたりたい」。だが、思えばこれまでの自分は真の愛（歓び）から離れた方向に行ってしまっていた。だから本筋である〈歓び〉に戻りたい。己の面目を施すためにも「最高のものを求める」と作者は宣言する。「最高のもの」mielhs とは漠然とした言葉であるが、愛の対象として、また〈歓び〉の源として、肉体的・精神的極致、現実と理想が最上の状態で結合したもの（女性）と解せられる。また、「見聞きしうる」は想像などによるものでなく〈現実の〉女を意味する（Ⅰ）。次の詩節の最初の二行、「私は、知っての通り、ほら吹く義理もなく／褒めそやされていい気になりもしない」は、ギヨームのそれまでの詩と〈おどけ〉の話術を知っている聴衆を意識しての、この作者らしい口吻と転調である。それから〈歓び〉の卓越性と、それがもたらす利益を、自然界の開花現象と光との巧みな修辞的比喩によって表現する。「暗い日を明るく照らす陽の光」は、暗愚を取り去る力ともなりうるであろう[169]（Ⅱ）。「だれも想像をさえし得なかった」と、詩人は更に改めて愛の歓びをたたえる。それはどのような経験のレベルも想像をも越えた次元において体験されるもので、どんな言葉の技法によっても言い表わせるものでない（Ⅲ）。しかし愛の歓びはそれに値する女性の存在があってのこと。その女の所作や表情によっても感応するものである。それまで専ら肉体の美しさによって女性を賛美していた作者が、「その懇ろな応対」という社交上の美点を、価値判断の要素としてここに初めて導入している。「かくて百年以上は生き長らえるはず／かの女から愛の歓びを勝ち得る者は」の詩句は、あとの第Ⅵ詩節で述べようとしていることの伏線になっている（Ⅳ）。次に、あらゆる価値をもくつがえす全能的な愛の〈力〉を、病人と治癒、聖者と死、思慮分別と狂気、美と醜、優雅と下賤という、対照法の修辞体系によって列挙する。ここでの「優雅な男子」‘cortes’とは、王侯貴族の宮廷に取り入れられていた洗練された礼法の実践者のこと、一方「下賤な男」‘vilas’は、そうした礼節とは無縁の粗野な無作法者の謂である[170]（Ⅴ）。「佳人」であること、すなわち女性の肉体的美しさが〈歓び〉の源であれば、その〈効能〉が恋する男の肉体にも及ぶことに不思議はない。愛の歓びはまさに〈青春の泉〉でもあるのだ[171]。それ故、精神も肉体も若返るために「彼女は自分だけのものにしておきたい」のである。事実、例えば老人は活力を、病人は健康を処女との性交渉によって取り戻せるといった、肉体のよみがえりの呪術的信仰が、中世全体を通じて存在していたことはよく知られている[172]（Ⅵ）。詩人は「わが愛しい女《ひと》が愛を与えてくれるなら／いつでもそれを受け入れ心から謝し」と、意中の女性に直接話しかけるのでなく、控え目に距離をおいて思いを打ち明け、「人に知れぬようご機嫌をうかがい／その女《ひと》の意にかなうよう話し振る舞い」と、臣従の誓いをそのまま擬するかのように〈主君〉たる女性に従うことを約束する[173]。秘密は宮廷風の愛のさまざまな局面に付き物で、それを守ることは恋人として誠実さのあかしとされた。詩人である恋人は、しかし相手にどれほど敬意を払い立派な態度を示しても、それだけでは十分でなく、言葉でもって彼女を「大いに称賛」し、世評を高めるよう奉仕せねばならなかった（Ⅶ）。最終詩節で詩人は、意中の女性との結び付きを改めて示唆する。他人を介せば「人に知れぬよう」という〈約束〉にも反し、彼女の感情を害することになり〈歓び〉も半減する。彼女の目に自分が無作法な人間のように映るのでないかと思うと、気後れして「とても自分の愛を打ち明けられない」。「だが彼女は最善のものを選んでくれるはず」。この場合の「最善のもの」mielhs は、愛の奉仕と引き換えに得られる最大の歓びのこと。そして詩人が救われる手立ては、彼女の愛の治療によるしかないのである（Ⅷ）。

この愛の歓びの賛歌[174]の中で 'joy' という語が七回繰り返されている。これまで検討してきた作品でも、すでにこの語は四回（I. v. 3; Ⅶ. v. 5, 11; Ⅷ. v. 27）ほど見られたが、それぞれ意味においてニュアンスの違いがある。作品Ⅰにおいては、愛と青春といった概念に付随する〈恋のよろこび〉とか〈生きるよろこび〉という月並みな意味で用いられている。その他の場合は、まだ官能的な次元のものであるが、愛から発する〈歓び〉はもっと洗練され内面化され、もっと精神性のあるものとなっている。それはまた、愛の〈掟を守る者〉（Ⅶ. v. 12）に与えられるものであった。更にこの作品Ⅸになると、'joy' は意中の女性の意志に属し、人間の価値をも逆転させるほどの力を秘めたものになっている。詩人はまだその〈歓び〉の贈り物を受けていないけれども、ほとんどそれを手中に収めているかのように、最高の歓びを最高の〈現実の〉女性《ダーム》に結びついて結晶化した、筆舌にも尽くしがたいものとして称賛している。

トルバドゥールたちが《純愛》の観念に慣れ親しむようになるのは、のちのマルカブリュ（十二世紀中期）以降であるから、[175]ギヨームの時代はこの〈歓び〉や女性への服従のテーマは全く目新しいものとして、まだ人びとを驚かすものであったに違いない。しかし、同様にこの作品に持ち込まれている秘密や内気さなど明らかに宮廷風愛の流儀からして、当時すでに存在していたはずのその新しい恋愛理念[176]に、作者自身感化されていたと思われる。

作品X

I　Ab la dolchor del temps novel
Foillo li bosc, e li aucel
Chanton chascus en lor lati
Segon lo vers del novel chan;
Adonc esta ben c'om s'aisi
D'acho don hom a plus talan.

II　De lai don plus m'es bon e bel
Non vei mesager ni sagel,
Per que mos cors non dorm ni ri,
Ni no m'aus traire adenan,
Tro qe sacha ben de la fi
S'el' es aissi com eu deman.

III　La nostr' amor vai enaissi
Com la branca de l'albespi

Qu'esta sobre l'arbre tremblan,
La nuoit, a la ploja ez al gel,
Tro l'endeman, que·l sols s'espan
Per las fueillas verz e·l ramel.

IV Enquer me membra d'un mati
Que nos fezem de guerra fi,
E que·m donet un don tan gran,
Sa drudari'e son anel:
Enquer me lais Dieus viure tan
C'aja mas manz soz so mantel!

V Qu'eu non ai soing d'estraing lati
Que·m parta de mon Bon Vezi,[177]
Qu'eu sai de paraulas com van
Ab un breu sermon que s'espel,
Que tal se van d'amor gaban,
Nos n'avem la pessa e·l coutel.

五つの各詩節は、作品Ⅸと同様八音節の六行詩句と男性韻のみによる構成。脚韻配置は第Ⅰ、Ⅱ詩節でａａｂｃｂｃになっているが、第Ⅲ、Ⅳ、Ⅴ詩節ではｂｂｃａｃａに変わっている。この複雑な構造は、その後のオック詩では滅多に見られず、のちに一部のトルバドゥールたちが目指した《芸術体》trobar ric の形式における前触れとなるものである。

Ⅰ

やわらかい春の日ざしの中で
森は若葉に覆われ、鳥たちは
おのがじし囀りうたう
新しい歌の節から節へ。
されば今こそ求むべき時
おのれの最高に望むものを。

Ⅱ

わがあこがれのかの地から
使者も来なければ文もない、
だから心は眠らず笑いもせず、
わたしは一歩も踏み出せない、

望みどおりの仲直りになるのか
自分にははっきり知れるまで。

Ⅲ

わたしたちの恋はあたかも
樹上でわなないている
サンザシの枝のようなもの、
夜のあいだ、雨や霜にさらされ、
あくる日、陽光が若葉や
小枝に降りそそぐまで。

Ⅳ

今もなお思い出されるあの朝
二人の諍《いさか》いにけりがついて、
あの女《ひと》は愛の合意と指環の
すばらしい贈り物をしてくれた。
されば神よわれがなおも命永らえ
かの衣の下にわが手をくぐらせ給え！

Ⅴ

まわりの雑音なんぞ意に介しない

わが《よき隣人》との仲を裂くような、
それがどんなものか分かってるから
すげないそら言になり広まることや、
誰それの恋の自慢話になることも、
こちらには肉もナイフも揃ってるのに。

作品Ⅶと同様、春の到来を告げる詩節によって愛を歌い始める。ここでは小鳥たちの囀りが新しい歌の節となって加わっている。このようなめぐる時節の喚起は、どのような愛の詩想をも昇華させる。詩人は己の情熱を自然の生命のよみがえりの過程に合わせ、今の季節の楽園的環境の中でこそ、「おのれの最高に望むもの（愛）」が得られるはずだと考える（Ⅰ）。しかし恋をしている者には、終始不安はつきまとう。「わがあこがれのかの地から／使者も来なければ文もない」。仲たがいのあと、ひたすら待つ身の恋人である詩人は、不安でこちらから相手に対し「一歩も踏み出せない」。詩人ギヨームのこれと同様の内気なためらいの態度を、われわれはすでに作品ⅧとⅨにおいても見てきた[178]（Ⅱ）。「わたしたちの恋はあたかも／樹上でわなないている／サンザシの枝のようなもの」。詩人は更に愛の不安と期待を、巧みな擬人化による直喩によって表現する。ほとばしる恋情。一時的な仲たがいは夜の荒天となり、恋する男は一見か弱そうな、しかし根強い小低木に変容する。不安定な夜（心の闇）が明けて、目まいのように樹間に射し込んでくるやわらかい春の陽光は、〈和解〉への期待を表わす光である（ギヨームの時代から二世紀近く経て、イタリアの大詩人ダンテはこの詩節のイマージュに倣い、これからたどろうとする苦難［地獄］の道を前にして逡巡していた自分を、夜の冷気にあたりしぼんだ小さな花に喩える)[179]（Ⅲ）。夜明けの曙光のように、「諍いにけりがついて」彼女が「すばらしい贈り物をしてくれた」時の記憶がよみがえる。《女性をたぶらかすことにかけて最もたけたる者の一人であった[180]》作者であってみれば、色恋における彼の言動が、しばしば諍いの因になっていたであろうことは十分考えられる。和解の保証として与えられた「すばらしい贈り物」――象徴的意味をもつ 'anel'（指環)[181] と 'drudaria'（愛、愛の合意）。後者は drut（愛人）からの派生語で、一般的な amor（愛）とほとんど同義語と見なされるが、意味範囲がやや限られていて、ある程度官能的なよろこびを連想させる愛である[182]。それ故、もはや齢からも長く期待を延ばせぬ状況にある作者であるが、彼の満足は相手の女性の「衣の下に」手をくぐらせることによって得られるのである（これまでの優雅な調子からこの粗野な欲望への急転換も、ギヨームらしい特徴のある技法である）（Ⅳ）。色恋沙汰に陰口や中傷は付きもの。最後に作者は、隠しおおせなかった自分たちの仲に向けられる〈悪意〉に対し身構えるようにして、世間の噂なんてものは、物事の核心になんら作用を及ぼすものでないと公言する。有言不実行の者たちへのさりげない嘲りと取れるが、最終詩句「こちらには肉もナイフも揃っている」には、威嚇的な響きすらある[183]。噂（想像）しかできない連中と違って、自分たちには食べるに必要なすべてのもの、すなわち現実の恋人として精神的にも肉体的にも望む道具立て（「肉とナイフ」は〈力〉の象徴とも見られないだろうか）は、全部整っているというのである。確かにこの口吻は、前の時節で自らを寒気に凍えわななくサンザシの枝に喩えた、いかにも従順で小心な恋人のそれではない（Ⅴ）。

口さがない世間の取りざたには恐れることのない作者であるが、彼はここでも女性に対する新しい態度として、相手への心遣いと慎みという宮廷風愛の徳目となるものを実践している。しかし詩的技巧による見かけの危機をはらみながらも、内実はかなえられた愛の栄誉を確信した作品である。イマージュにおけるダンテとの関連性についてはすでに述べたが、ギヨームのあとに続く時代のジョフレ・リュデル（十二世紀前半）も、この作品から借りたと思われるシチュエーションを、あの繊細で幻想的な《遥かな恋》へ発展させている。[184] この悲恋の主人公の相手は、未だ見《まみ》えたことのない〈愛しても愛されることのない〉遠い異国の貴婦人であるが、ギヨームの場合、愛はすでに受け入れられており、何らかの諍いがあって、一時的に二人の肉体が隔てられているのである。

作品 XI

I Pos de chantar m'es pres talentz,
Farai un vers, don sui dolenz:
Mais non serai obedienz
En Peitau ni en Lemozi.

II Qu'era m'en irai en eisil:
En gran paor, en gran peril,
En guerra laissarai mon fil,
E faran li mal siei vezi.

III Lo departirs m'es aitan grieus
Del seignoratge de Peitieus !
En garda lais Folcon d'Angieus
Tota la terra e son cozi.

IV Si Folcos d'Angieus no·l socor,

E·l reis de cui ieu tenc m'onor,
Faran li mal tut li plusor,
Felon Gascon et Angevi.

V　Si ben non es savis ni pros,
Cant ieu serai partiz de vos,
Vias l'auran tornat en jos,
Car lo veiran jov' e mesqui.

VI　Merce quier a mon compaignon
S'anc li fi tort qu'il m'o perdon;
Et ieu prec en Jesu del tron
Et en romans et en lati.

VII　De proeza e de joi fui,
Mais ara partem ambedui;
Et eu irai m'en a scellui
On tut peccador troban fi.

VIII Mout ai estat cuendes e gais,
Mas nostre Seigner no·l vol mais;
Ar non puesc plus soffrir lo fais,
Tant soi aprochatz de la fi.

IX Tot ai guerpit cant amar sueill,
Cavalaria et orgueill;
E pos Dieu platz, tot o acueill,
E prec li que·m reteng' am si.

X Toz mos amics prec a la mort
Que vengan tut e m onren fort,
Qu'eu ai avut joi e deport
Loing e pres et e mon aizi.

XI Aissi guerpisc joi e deport
E vair e gris e sembeli.

四行の八音節詩句と二種類の脚韻から成る8a　8a　8a　8bという非常に単純な構造である。それぞれの詩節の最終詩句の脚韻は、一行目から三行目までの詩句のものと異なる同音で固定されている。これらの十詩節に、その最終詩節を延長した形で二行の結びの句（tornada）が続いている。これはギヨームの前の作品Ⅳのところでもすこし触れたが、当時アンダルシアで普及していたザジャル（zajal）の構造であり、ギヨームは明らかに形式をこのスペイン・アラブの抒情詩から借りているのである。[185]内容からしても、ザジャルはしばしば離別の哀しみや苦悩、見棄てられた者の悲嘆や絶望を歌うものであるからだ。

Ⅰ

歌いたい気持ちになったので
この悲痛な思いを詩に託そう。
もう愛に仕えることもあるまい
ポワトゥーでもリムーザンでも。

Ⅱ

私はこれから旅立つ流謫の地へ、
深い憂慮と、険悪な空気の中、
反目の渦中にわが息子《こ》を残して、
彼に四隣からの危害が及ぶだろう。

Ⅲ

去りゆくことのなんと辛いことよ
わが所領なるポワチエの地を！
後事はアンジェのフルクに託す
所領全域と彼の従弟《いとこ》のことは。

Ⅳ

アンジェのフルクも、わが封主たる
王も、息子を援けてくれなければ、
大多数は彼に害を与えるだろう、
ガスコーニュとアンジューの逆臣の。

Ⅴ

息子が賢明で勇猛でなければ、
私がみんなのもとを去ったあと、
敵方はすぐに彼を打ち破るだろう、
青二才で非力だと見くびって。

Ⅵ

わが朋友には慈悲を乞いたい
迷惑かけていたなら許してほしい。
天にあるイエスにも祈りを捧げる

ロマン語でもラテン語ででも。

Ⅶ

私は武勲と歓びと共にあった、
だがそのいずれとも袂を分かつ。
そしてこれから私の向かうところは
すべての罪人が安らげるお方のもと。

Ⅷ

私はよく人を楽しませ陽気であった、
だが我らの主はもうそれを望まれぬ。
今はもうこの重荷に耐えられない、
それほど死が近づいているのだ。

Ⅸ

自分の愛《いと》おしんでたものは皆捨てた、
騎士としての特権も自負心も。
神慮ならば、私はすべてを受け入れる、
されば神よ何とぞ我を傍《かた》えにとどめ給え。

Ⅹ

望むらくは自分が死んだら友ら皆
大いにこの我をたたえてほしい、

歓びも楽しみも味わってきたのだから
遠くでも近くでもわが館ででも。

だから捨てて行く歓びも楽しみも
貂《てん》や栗鼠やアーミンの毛皮も。

XI

「悲痛な思い」で、作者ギヨームはまず〈愛〉との別れから歌い始める。「もう愛に仕えることもあるまい」Mais non serai obedienz（v. 3）の 'obedienz'（＝obéissant, servant d'amour）という語は、すでに前掲の作品Ⅶ（v. 30, v. 31）の中でも用いられており、その場合の語義について述べたところであるが、この作品Ⅺでは愛という観念への服従ではなく、愛の奉仕者として、意中の女性に対し恋人がとるべき態度まで含めた意味をもたせている。「ポワトゥーでもリムーザンでも」の両地名は暗号名で、裏にはっきりした女性たちが隠されているとする説もある[186]（Ⅰ）。次の詩節で作者は、再び戻って来ることのない旅としてその行く先を、明らかに意図的にあとの第Ⅶ（v. 28）、第Ⅸ詩節（v. 36）で示唆されている〈天国〉とは矛盾する「流謫の地」eisil としている。「深い憂慮と、険悪な空気の中／反目の渦中にわが息子[187]を残して／彼に四隣からの危害が及ぶだろう」。一〇八六年作者ギヨームが十五歳の若さでアキテーヌ公家の当主となった時から、それまで父親（ギヨーム八世[188]）の強力な支配下で重圧を感じ機をねらっていた野心的な家臣たちは、事あるごとに新しい主君の権力の弱小化をはかる行動に出ていた。この詩の着想と関連づけられる領内での局地戦（後述）で、相手方を指揮したユーグ・ド・ルシニャンもその同盟者ギヨーム・

ド・パルトネも、そのような反逆の小領主たちであった。[189] まだ未熟な息子が、彼らの好餌となるのを恐れるのである（Ⅱ）。「後事はアンジェのフルクに託す」。このフルクはアンジュー伯フルク五世。[190] 彼も当時における〈実力者〉の一人で、のちに聖地に赴きエルサレム王となった人物であり、「彼の従弟」つまり作者の息子（のちのギヨーム十世、当時十二、三歳）より十歳近く年上であった。作者の最初の結婚相手がアンジュー伯（フルク四世）の娘であったという経緯もあるが、アンジューとアキテーヌの両家は古くから対立関係にあって、いざこざが絶えなかった。先代が亡くなって間もない当時、両家は和解したばかりであった（Ⅲ）。フルクだけでなく「わが封主たる」フランス王（ルイ六世）にも力を借りなければ。大領主としてのギヨームの権力は王権をも圧するほどであったから、彼は常に唯々として国王に従ってきていたわけではない。けれども、先王（ルイ六世の父フィリップ一世）が教会から破門されようとした時は王をかばい、彼は断乎としてそれを破棄させようとしたし、その息子のルイ六世の方もパリ周辺で反抗する小貴族たちと戦い続けていたから、同じ運命のようなものを背負った支配者同士として、彼らには共感による連帯感のようなものがあったに違いない（Ⅳ）。作者は自分の亡きあと、狡猾で手ごわい反徒と対峙する我が子の姿を想像してみる。知力も精神力もまだ未熟で半人前の息子に、彼らはいかにも「青二才で非力」とみて襲いかかってくるだろう。そう思うと一層不憫になってくる（Ⅴ）。「わが朋友」（これはフルク五世のことであろう）には、これまで害や不利益になることをしていたなら許してほしい。イエス・キリストのご加護もお頼みしたい、「ロマン語でもラテン語ででも」、すなわち私自身（トルバドゥール）の言葉でも、必要ならば典礼（イエス）の聖なる言葉ででも（Ⅵ）。「武勲と歓び」と関係を断つことは、騎士の身分と世俗の愛から身を引くことである。これからは「罪人」peccador[191] として主のもとに向かう（Ⅶ）。「私はよく人を楽しませ陽気であった」という詩句は、作者のそれまでの世俗的な快楽への執着を要約したもの。「今はもうこの重荷に耐えられない」の「重荷」lo fais は〈罪〉の重荷であり、近づいている「死」（終わり）la fi は、至高の裁き手である神の前に出頭する時である（Ⅷ）。これまで愛惜してきたすべてのもの、華々しさの中で生き甲斐と誇りを感じていた騎士としての過去ともおさらばだ。今はもう運命を受け入れるしかない、天国の片隅にでも自分の居場所を用意してもらって（Ⅸ）。しかし〈信仰告白〉のあとも、詩人は自分の死後の地上への執着を隠さず、多くの友人たちが彼のために盛大な葬儀をしてくれるよう頼む。そして最後に、潔くもう一度過去のすべてを振り切るかのように、「貂や栗鼠やアーミンの毛皮」（王侯貴族の豪奢さの象徴）も捨てる（Ⅹ、Ⅺ）。

浮き名を流した漁色家、世継ぎの我が子の行く末を案ずる父親、威信と家系の保持に腐心する〈国家元首〉、悔悛に目ざめたキリスト教徒、誇りかな騎士、世俗の快楽を追い求めたエピキュリアン――さまざまな顔が憂愁の光の間に見え隠れし、最後に詩人ギヨームの生涯そのものを包括する華麗とも思われるイメージが残る〈別れの歌〉である。そしてとりわけ、ほかの作品ではのぞかせることのなかった父親としての心情がわれわれの心を打つ。

この詩がどのような状況のもとで生まれたのか。それはこれが作られた年代との関連性から考えなければならない問題で、従来二通りの説がある。一つはギヨームが一一一七年二度目の破門を解かれたあと果たしたと思われるサンティアゴ・デ・コンポステーラへの巡礼を決意した時、または一一一八年アラゴン王アルフォンス一世に味方してアルモラビデ王朝に対するスペイン十字軍（一一二〇年のクタンダでの勝利で終わる）へ出陣の際とするもので、古くからこれがほとんど通説とされていた。他の一つは、これより数年前にさかのぼる一一一一－一一二年とする説[192]で、近年はこの主張を支持する資料も多く、むしろこの方が有力のように思われる。筆者の評釈もこの説を拠り所とした。これらの年ギヨームは領内で謀反を起こしたリュシニャンとパルトネの諸侯と戦い、タイユブール要塞の攻囲戦で脚に重傷を負い、サン＝ジャン＝ダンジェリーに運ばれた時は瀕死の状態であったといわれる。(193) その間――それがどれほどの期間であったか――詩人は傷ついた身を横たえ、死の予感につきまとわれながらそれまでになかった信仰の時を経験する中で、これが作られたと考えるのである。この説に決め手となる証拠があるか否か私は知らない。しかし少なくとも内容から、一一一一－一二年作の可能性がより大であると考える。

これら二つの説を比べた場合、まず指摘しうるのは第Ⅷ詩節の「重荷」lo fais (v. 31) という語の解釈における違いである。私はこれを罪の意識としたが、一一一七－一八年説の場合は、一様にこれを作者が二度にわたり受けた破門制裁のことと解釈している（二度目の破門は一一一七年、コンポステーラへの巡礼行とスペイン十字軍参加の条件付きで解除された）。〈旅〉の行き先が多義的であいまいな「流謫の地」eisil (v. 5) になっているが、これはどちらの場合にも通用するギヨーム独特のアイロニーと韜晦趣味を示す表現である。けれども、作者にとってひどく気がかりな息子のその時の年齢は、この詩の年代確定のためのかなり重要な判断材料になるであろう。

一一一一－一二年当時のギヨーム父子（一〇七一年と一〇九九年生まれ）のおよその年齢は四十歳と十二歳、一一一七－一八年の場合は四十六歳と十八歳ということになる。父親のギヨーム自身は十五歳でポワチエ伯を兼ねるアキテーヌ公爵家を相続したが、当初から重責を担った君主として恥じない統治力を発揮していた。十五歳といえば大人として、政事においても十分采配をふるうことができたのである。第Ⅱ詩節に始まって第Ⅴ詩節まで、切々と真情を訴える父親の念頭にあったのは、確かにまだ〈後見人〉が必要な、いまだ大人の年齢に達していない〈子供〉ではなかったか。とりわけ、巡礼などに旅立つ父親が十八歳の〈大人〉のことを慮っての心情とは考えられない。当時の通念からすれば、四十歳は老年の入口、四十六歳となるともう〈年寄り〉の仲間に入っていたはずである。それ故いずれの場合も、年齢による死期を予想しても、特に武人であれば、老若を問わず常に不時の死をも覚悟しておかねばならなかったから、巡礼の長旅や戦の庭への出陣を前にして〈死〉を口にしても何の不思議もない。しかし、作者が「死が近づいている」(v. 32) と言う時、前述の史実を含めて想像されるこの詩の周辺の切迫したような雰囲気の中で、〈仮想〉の死ではなく〈現実〉の死と向き合っているギヨームの姿が浮かび上がってくる。過去を〈捨てる〉のでなく〈捨てざるを得ない〉彼には、心残りの早すぎる〈死〉だったのではなかろうか。そんな中で彼の内なるキリスト教徒が彼を促し、主イエスの前で跪かせていたのであろう。

ところが彼は死なさなかった。そして悔悛の道程はずっと引き延ばされ、その間相変わらず俗世のしがらみの中で教会と悶着を起こし浮き名を流し、一方では為政者としての苦労を背負いながら、おそらく最後の償いとなったコンポステーラへの巡礼とスペイン十字軍までの、波乱含みの旅を続けることになるのである。

＊
＊　＊

ルネ・ネリは、《ギヨーム九世において、ゴリヤール風の詩（ジャンロワ版：作品Ⅰ、Ⅱ、Ⅲ、Ⅳ）が宮廷風の詩より以前のものか、それともそれぞれの詩が並行して作られたものかを知ることは難しい。…（中略）…しかしあらゆる点から推して、生涯のある時期に、それはいつであるか確定できないけれども、きっと彼に突然変異のような事態が生じたものと思われる》[194]と述べている。私はディーツの〈官能〉と〈愛〉と〈真情〉という三つの着想による詩のグループ分けに依拠するジャンロワの配列法に従って、ギヨームの十一篇の作品を検討してきた。この配列法は、ギヨームの個性的な人物を、幾度か節目となる時期があったと思われる波乱の生涯の流れに重ね合わせてみても、ほぼ詩作の年代順にかなったものに思われる。ただ、長い間最後の作と見なされていた作品Ⅺについては、その解説の項で述べたように、今日ではそれを否とする説が現われ優位に立っている。その主唱者の一人であるペイヤン教授は《特に慎重を期し、疑問符も付して》各作品の年代を次のように設定している。[195]

（1）作品Ⅰ、Ⅱ、Ⅲ（一一〇三年と一一一〇年の間）
（2）作品Ⅵ、Ⅴ（Ⅴが後）（一一一一－一一一二年以前）
（3）作品Ⅺ（一一一一年または一一一二年）
（4）作品Ⅶ（一一一一年と一一一五年の間）
（5）作品Ⅳ〈ラ・モーベルジョンヌもの〉第一作（一一一五年?）
（6）作品Ⅷ、Ⅸ、Ⅹ〈ラ・モーベルジョンヌもの〉（一一一五年と作者没年の間）

第四章　ギヨームの言語

一つの言語が別の言語を話していた異なる民族に採用された場合、それらの民族はその異質な言語の音を無意識のうちに、自分たちが祖先から受け継いでいた言葉の音に近づけていく傾向がある。持ち込まれた言語は、こうして土着の言語が逆にそれに作用し、新しい顔をもつに至る。今日のフランスの地に、ローマの兵士や商人、入植者たちがもたらしたラテン語（俗ラテン語）も、このようにしてロワール川の北と南の地域で違った形の進化を遂げた。北のオイル語圏と南のオック語圏の分化は、印欧（インド・ヨーロッパ）語族系のケルト人とゲルマン人が主体の北部フランスと、地中海人種にウラル・アルタイ語族系の民族が加わった南部フランスという地域の特殊性、すなわち人種的背景の違いによる結果であった。

　オイル語はのちにフランス語になるが、オック語とオイル語（フランス語）との違いは、ラテン語からのそれぞれの特徴的な変化の形に表われている。例えば、ラテン語の母音－A－はオック語ではそのまま－A－であるが、フランス語では－E－となっており、ラテン語の長母音－Ē－はオック語でも－Ē－であるのに対し、フランス語では－OI－に変わっている（例＝〔ラ〕capra〔オ〕cabra, craba〔フ〕chèvre「山羊」／〔ラ〕amare〔オ〕amar〔フ〕aimer「愛する」／〔ラ〕debēre〔オ〕dever〔フ〕devoir「支払う義務がある」／〔ラ〕fidēs〔オ〕fe〔フ〕foi「信頼」）。これらの例からも、地中海人種とウラル・アルタイ語系諸族に採用されたオック語の方が、印欧語族系の民族のフランス語よりも祖語であるラテン語に、より近いことがわかる。

今日オック語圏の境界は、かつてのロワール川よりもっと南に下がったジロンド川河口を起点に、リムーザンとオーヴェルニュの北側を迂回し、グルノーブルの南を経てアルプスに至る線により画定されている。オック語圏内には六区画の方言があり、これらは更に〈南部オック語〉(sud-occitan) と〈北部オック語〉(nord-occitan) の方言群に二分される。[196] おもしろいことに、ここでも南と北で音声上の変化の度合いに違いがみられるのである。それを最も端的に示しているのは、俗ラテン語の段階でのC＋AとG＋Aの非口蓋化と口蓋化による変化である。すなわち、南部オック語では不変のまま維持されているのに対し、北部オック語では口蓋化によりCHA〔tcha / tsa〕とJA〔dja / dza〕への移行がみられる（例＝〔ラ〕cantāre〔南オ〕cantar〔北オ〕chantar「歌う」／〔ラ〕castellum〔南オ〕castèl, castèu, castèth〔北オ〕chastel, chasteu「城」／〔ラ〕gallina〔南オ〕galina〔北オ〕jalina「雌鶏」)。これらの現象もまた、口蓋化がごく稀であった地中海諸語系の地中海人たちが多数派であった南部と、口蓋化への強い傾向が特徴のウラル・アルタイ語族系の民族が主として住みついていた北部という、人種的地域差によるものであった。この口蓋化はギヨームの言語においても検討すべき課題になっている。

今日トルバドゥールの言語について少なくとも言えることは、それが彼らの文芸活動のための共通語（コイネー）であり、彼らは出身地のいかんを問わずそれを用いて詩作し、またオック語圏のどこの地方の聴衆にも十分理解され得るものであった、ということである。トルバドゥール文芸発祥の地とされているリムーザン地方の方言に根源を求めるのが自然の帰結であろうが、決定的にそれを裏付けるものはないらしい。しからば、われわれにとってその言語の最初の提示者であるギヨーム九世のテキストから何を知り得るであろうか。

《ポワトゥーの歴代の伯爵は生まれた時から北部の方言を話していたに違いないが、彼らは家臣の半数以上が話していたいろいろな南部方言を、おそらく学び覚えざるを得なかっただろう。ギヨームが教わった言葉で詩作したということは興味ぶかい》とジャンロワは言っている。[197] ギヨームの詩がリムーザン地方の方言で書かれていると最初に主張したのはカミーユ・シャバノー[198]であったが、この説はガストン・パリスをはじめ歴代の碩学たちに支持されてきていた。ジョゼフ・アングラッド[199]もトルバドゥールの言語の主な特徴が、他の方言よりもリムーザン方言に結びついていること、またギヨームや彼に続くマルカブリュ、ベルナール・ド・ヴァンタドゥールなどの詩にはいくつかのポワトゥー方言の痕跡も認められる一方、ガスコーニュ出身のセルカモンやマルカブリュには、少なくとも彼らの用語において音声や形態上、ガスコーニュ方言の特徴を示すものはほとんど全くないことを指摘している。ところでポワトゥー地方、とりわけ伯爵家のお膝元のポワチエの人びとはどんな方言を話していたのだろうか。はたしてそれは北部に属するもの（オイル語）だったのか。ジャック・ピニョン[200]はポワトゥー地方の諸方言を綿密に分析した上で、少なくとも十二世紀の初頭まで、この地方は政治・文化的のみならず言語的にも、はっきり南部の〈牽引〉による特徴を示していると断言している。彼の説によれば、古くはオック語諸方言とオイル語諸方言を分かつ音声学上の境界は、ポワトゥー地方の真ん中あたりを横切り、十一世紀頃はこの地方の南寄りの地域はオック語圏に属し、その言語的影響はポワトゥー全域に及んでいた（この地方が北のオイル語圏に移行するのは、ギヨームの時代からずっと後のことである）。だとすれば、その時代のポワチエ方言の実体は定かでないにしても、ギヨームの宮廷で話されていたのは南部系のロマン語（オック語）であり、彼がリムーザン方言と同様に、ポワトゥーより南の地域の方言を用いて詩作したとしても不思議はない。また、もともとオック語圏に属するリムーザン方言を選んだとしても、その方言やそれと似通ったものは、ポワチエの彼の宮廷で日常聞き慣れていたであろう。ピニョンは、ポワトゥー地方の南部でもリムーザン地方でも用いられていたオック語であろうという含みをもたせ、ギヨームは大部分がポワチエを中心とするポワトゥー地方の出身者であった家臣たちの話す言葉でもって詩作した、と結論している。ギヨームの言語は、日常彼が耳にしていた〈生〉の方言から精選されたものである、というのである。以下これに関する諸説や考察からわれわれが知り得ることを、作品を通し例示しながら概括しておこう。

先ず、ギヨームの言語の特徴としてあげられるのは、通常のオック語で不変のまま維持されているラテン語の閉音 ẹ が、彼においては－ei に二重母音化していることである。作品Ⅱの mei (v. 3) －trei (5) －crei (11) －fei (13) －mercei (14) －conrei (16) －palafrei (18) および作品Ⅲの conres (v. 1) －agues (6) －pres (11) －deveis (14) －treis (15) －espes (16) －ses (17) (ここでは deveis と treis 以外は－e－形) の場合がそれで、これらの語は起源を異にするほかの語と押韻している。次に、a のあとの語末の l (または ll) の－au への母音化がある。この傾向は初期のトルバドゥールにおいてしばしば認められるものであるが、作品Ⅳでは、その母音化された au (v. 4) －chevau (6) －au (10) －corau (16) －Marsau (18) －amau (24) －cau (28) －ostau (30) －jau (34) －vau (36) が各詩節の四行目と六行目の詩句末に配置され、最終詩節での他に由来する－au 形の Anjau (40) および contraclau (42) と押韻している。作品Ⅶの egau (v. 39) は、esgau (38), vau (37), lau (41) と韻を踏ませている。

以上の言語的特徴はジャンロワも最初に取り上げており、[201] すべて詩句末の脚韻において認められるものである。他方、前述のオック語圏内における口蓋化による南北での異なった語形は、ギヨームのテキストでも混在し、これについていろいろな解釈がなされている。ちなみに十一篇の作品中 ca－, ga－から cha－, ja－へ口蓋化した北部語形は約二十語であるのに対し、そのままで変化のない南部語形の方は四十語以上あって数の上で圧倒的に多い。この表記上の不統一、とりわけ南部語形の混入は、介在した写字生がポワトゥーやリムーザンより南の地域の出身者であったためとか、特定の地方の方言からの借用語や混成方言が紛れこんだといった、写本の筆写段階で生じたとする主張もなされているが、論拠に弱点がありわれわれを十分納得させるものではない。結局この問題で残された可能性を考慮に入れて言えることは、ギヨームは自分が日常用いていた言葉（ポワチエ方言）で詩作したが、彼の日常語に近いものであったにせよ、そうでなかったにせよ、ほかのいくつかの方言を借用していること、そしてそれは単に職業詩人として必要であった詩法上、修辞上などの理由によるものでなかったかということである。そうだとすれば、ギヨームの言語の問題は、《langue》（体系としての言語）でなく《parole》（運用言語）のレベルで取り上げなければならない。この観点からすると、ギヨームにおける南北オック語形の混在は恣意的なものでなく、はっきりした意図のもとに使い分けた結果であるということになる。

いずれもラテン語 'caballus'（馬）に由来する〈馬〉と〈騎士〉およびその関連語が、ギヨームの五篇の詩の中に次のような形で含まれている：cavalhs（Ⅰ, v. 7）, caval（Ⅱ, 18）, chevau（Ⅳ, 6）/ cavallier（Ⅰ, 22）, cavalier（Ⅴ, 5）/ encavalguatz（馬に乗った）（Ⅰ, 12）, cavalaria（騎士制度、騎士の位）（Ⅺ, 34）。これらを見て気づくことは、一つの例外 chevau を除き、他はすべて南部語形になっていることである。ピニョンによると、[202] ポワチエの町は音声上 v と b が混同される言語域の境目にあった。'chevau' を話題にのぼせる時、ギヨーム自身はそうでなかったにしても、地元ではそれが chebau と発音されることが多かったに違いない。これは一定の地域や農場で飼育される〈家畜類〉を意味し、その薄汚れたイメージは騎士につき従う〈高貴な動物〉とは相いれないものであった。作者が口蓋化のない南部語形の cavalh, caval などを選んだのも、その曖昧さを避けるためでなかったのか。唯一の北部語形である chevau については、この語形により語のもつ多義性をむしろ逆手にとって、言葉遊びをかねているように思われる。文脈しだいでこの語は chebau の発音になると〈すぐれた、すばらしい、申し分のない〉という意味の形容詞 'chebau' と混同される可能性があった。作品Ⅳの Sobre chevau（v. 6）は普通に解釈すると「馬の上で」であるが、sobre は前置詞〈…の上に〉のほかに〈過度に〉という副詞にもなり、sobre chebau となれば「まったく申し分ない」（詩ができた）という意味にもとれるのである（現代オック語にも sobrebèl〔= très beau〕というのがある）。このように語の多形性（poly-morphisme）などを利用して、詩を重層的で意味に富んだものにする修辞法は、十二世紀頃よく用いられていたらしい。

作品Ⅰ（v. 25）の castel（城）、作品Ⅴ（9）の clergal（聖職者）、作品Ⅷ（8, 17）の carta（認許証）と cap（首）などは、教会や公文書などを通じてのラテン語の影響によるとも考えられ、ギヨームは他の語と紛らわしい母語方言の形を避けて、これらの南部語形を選んだのかも知れない。教会関係といえば、作品Ⅴ（7）の pechat（罪）は作者の母語方言語形であるが、作品Ⅺ（28）の peccador（罪人）の方はそうなっていない。これは恐らく祈禱文におけるラテン語（peccātor）からの影響によるものであろう。作品Ⅱ（6）の estaca（端綱）は estacha にすると、estatja（= séjour）と混同されるおそれがあった。作品Ⅷ（18）の詩句 Si no·m bayz' en cambr' o sotz ram「寝室か木陰でくちづけしてくれなければ」の南部語形 cambra の場合、chambra とすると、そこがパン焼き場であったり使用人のベッドを置くなど〈物置を兼ねた二次的な部屋〉を示す現代のポワチエ周辺に残る俚語《パトワ》の語意を当時すでに含んでいたため、この詩の中の状況にふさわしくなかったからであろう。作品Ⅴ（38）の cambra についても同じことが言える。

作品Ⅰ（v. 18）とⅥ（49）の camjatz（camjar, chamjar〔= changer, échanger〕の過去分詞）は、恐らく北部語形 chamjatz の二音節で三つの破擦音の連続を避けるためであり、また〈忠告〉を意味する作品

Ⅱ（10）の castei とⅢ（13）の casteis は、優美さを欠く反復音を含む動詞 chastejar（＝châtier; blâmer; instruire）に代わる castejar からひねり出した類推によるとも受け取られる。作品Ⅳ（25）の Amigu' ai ieu,……の場合、北部語形で考えられる 'amia' の形で Amia a ieu,……にすると、〔amiyayyieu〕という半母音（yods）の不都合な連続音となるための選択であろう。〈おのおの（の）〉を意味する語では、作品Ⅱ（22）とⅩ（3）は chascus, 作品Ⅶ（5）は quascus と、南北の語形が使い分けられている。作品Ⅹの詩句 Chanton chascus en lor lati の場合は、破擦音の連続がむしろ快い頭韻法の効果を生みだすのに対し、作品Ⅶの Ben deu quascus lo joy jauzir において、quascus を北部語形の chascus にすると、三つの破擦音の連続は逆に耳障りなものとなるであろう。これらの例からも、聞いて不快な音は避け、快い響きの諧調を心がけていたと思われる技法上の配慮が窺える。

作品Ⅶの詩句末において、同義（jauzir, esjauzir〔＝réjouir〕）の四語の内 jauzir（v. 5），jauzens（6），jauzi（14）が北部語形であるのに対し、残る一語の esgau（38）だけ南部語形になっているのは、次の行末語の egau（＝égal）に合わせているのである。作品Ⅷの北部語形の行末語 deslonja（20），ponja（23）は deslonha, ponha に代わるもので、これらは monja（21）との押韻を可能ならしめるためである。このように脚韻のための必要からも、語形上の使い分けが見られる。

以上述べてきたような語のあいまいな両義性や詩法・修辞上の必要とかかわりのない場合、adomesjar（Ⅰ, v. 10），plajas（Ⅴ, 69），eschari（Ⅵ, 23），chansoneta（Ⅷ, 1），jauzens（Ⅸ, 1），chantar（Ⅺ, 1）など、作者の母語方言の語形が用いられている。これまで見たいくつかの観点からの分析結果からも、ギヨームの言語には厳密な意味での言語学的問題のみならず、先覚の詩人としての彼の作詩上の技法や着想などを理解する手掛かりとなるものが、随所に含まれていることがわかる。

オック語による書き物として、九世紀頃すでに存在していたことが、いくつかのラテン語と二言語併記のテキストにより証拠として残されている。こうして現われはじめたのは、それまで専らラテン語に限られていた宗教関係のもので、現存する最も古い説教集や戒律文書、宗教詩などは十世紀のものとされている。文学作品では、いずれも宗教的着想による物語風詩の『ボエース伝』と『聖女フォワの歌』が十世紀末から十一世紀半ば頃までに書かれている。オック語文学における先駆的役割を果たしているこれらの作品は、言語学的、文献学的に特に貴重であるが、言語については《まだ口ごもるような状態(203)》で、それが練られなめらかになり光を放つまでになるには、数十年後に登場するギヨームなどすぐれた詩人たちの才能にゆだねられねばならなかった。

トルバドゥールの言語における方言基層については、ギヨームの場合触れたように、これまで引き起こされてきたさまざまな論議からも、決定的な解明は容易でないと思われるが、いずれにせよ諸方言の間に著しい違いのなかった南部フランスの地域内での長期にわたる言語上の無政府状態の中で、詩人たちによって鋭意精選されたものである。その共通語《コイネー》としての言語統一は、ギヨームなど先覚的詩人たちを後に続くトルバドゥールたちが摸倣することにより、それほど努力なしに自然にすんなり行われたものと思われる。このようにして、トルバドゥールの言語は、一般民衆の日常語を越えたレベルで特別の影響力をもつ〈教養語〉となり、十一世紀末頃から澎湃として起こった彼らの新しい文芸の創造と普及のために、欠かせぬ手段となったのである。

むすび

フランス中世において、恋愛はすでにギヨームの時代以前からラテン語の詩人たちによって歌われていた。彼らは教会や修道院を詩作の場とする聖職者たちや、教会付属の学校で学問を修めながら俗世の巷をさまよい詩嚢を肥やしていた書生詩人《ゴリヤール》たちで、恋愛をレトリックの花々で飾り貞節を賛美し、恋の胸のときめきをうかがい、一時のはかない歓びを嘆き、奔放で官能的な愛を歌っていたが、愛の本質や女性の役割まで変えることはなかった。時代の人心を支配していた教会にとっては、結婚の絆においてすら肉欲は人間の堕落のしるし、原罪のしるしであり、女性は依然として肉と縁続きの〈罪の道具〉と見なされていたのである。

時代の推移とともに、貴族社会における生活も趣味も確かに変わりつつあった。戦いのため堅固さのみが取り柄の暗いイメージの城から、社交のため豪奢を競う華やかな宮廷へ。剛から柔へ、無風流から洗練へ。女性の地位にも確かに微妙な変化が起こりつつあった。現実のこのような変化の過程で、たとえ趣味の〈遊び〉の中であったにせよ、ギヨームが突如《この世のすべての歓びはわれらのもの／愛しい女よ、二人が愛し合うならば》(Ⅷ, v. 27–28) と、女性を男性と同等の人間として扱う、愛と友情の和解による新しいタイプの男女関係を提唱し出したのである。この前例のない異質の愛において、やがて女性たちは名誉を重んずる詩人たちの崇拝の的、彼らの〈救済者〉として、あらゆる献身的奉仕を受けるに価する存在となっていくのである。

だがここで思い違いをしてならないのは、これまで作品を通して見てきたように、ギヨームが考えていた愛は、初期の反教権的においのするものは論外として、決してプラトニックなものでないということだ。彼が男女関係の自由化、平等化を主張しているのも、女性たちから官能的な満足を得んがためであり、確かに愛は理想化されてはいても、それは男性側にとって一方的で独り善がりなものである。依然としてそれは異教的なもの、官能性があらゆる権利を保持する愛なのである。従ってそこで崇拝の対象となる女性は、精神的優美さだけでは不十分で、《あの女《ひと》の肌は象牙よりもなお白い／だからほかのどの女もあがめない》（Ⅷ, v. 13-14）と彼が言い切っているように、肉体的な美しさが第一条件であった。

意中の女性に対するギヨームの態度も一変する。彼は支配者としての一切の特権を捨て、《わが愛しい女《ひと》が愛を与えてくれるなら／いつでもそれを受け入れ心から謝し／人に知れぬようご機嫌をうかがい／その女の意にかなうよう話し振る舞い／その女《ひと》の優れた価値を高く評価し／その女《ひと》のことを大いに称賛するつもり》（Ⅸ, v. 37-42）と、やがて宮廷風恋愛の掟となるものを掲げながら、忠実な〈奉仕者〉になることを誓う。続いて、《彼女への言づてを人に頼む気になれぬ／それほどに彼女を怒らせることを恐れ／私自身、過ちは犯したくないので／とても自分の愛を打ち明けられない》（Ⅸ, v. 43-46）と、内気さと節度ものぞかせる。時には彼女の側が素気ない態度を見せ、彼に《何の得になりますか、麗しい女よ／わたしをあなたの愛から遠ざけたとて》（Ⅷ, v. 19-20）と言わしめる。実はギヨームがこのように女性の臣下となり奉仕者になる役を演じられるのは、彼が女性たちの主君だからこそできたことで、所詮は大領主と貴婦人との合作による遊びなのである。それゆえ、相手の奥方《ダーム》の社会的身分の優位性を不可欠の条件とし、彼女らに常に謙虚に敬意を払いながら仕える、のちの宮廷風愛における正統派のトルバドゥールたちの奉仕とは、全く次元を異にするものであった。

ギヨームはまた、《愛しい女《ひと》がわたしを試し確かめる／どんな風にわたしが愛しているかを》（Ⅷ, v. 3–4）と、愛の〈試練〉をも示唆している。それによって彼は、相手が愛を受け入れてくれなければ、《我ながらもだえ死ぬかと思うほど》（Ⅷ, v. 23）悩み、一時の仲たがいのあと相手から何の音沙汰もなくなると、《心は眠らず笑いもせず／わたしは一歩も踏み出せない》（Ⅹ, v. 9–10）ほど意気消沈する。しかしこれらの〈試練〉は、不安や怖じ気といったレベルの精神的苦痛であって、十三世紀の貴婦人たちが彼女らの恋人《アマン》たちに、心変わりのなさや誠実の度合いをはかるために課する厳しい試練とは、根本的に異なるものだ。しかしそれはそれとして、世間の思惑など意に介せず、恋愛においても自由奔放に振る舞い、好き放題なことを言っていたギヨームがここに至って、意中の女性のため彼女の名誉を重んじ、謙譲を旨とする宮廷風徳目を実践しているのは、大いに注目すべきことである。同時にまた、この急変した態度の中に、まだ粗野な時代の価値観を引きずっていた生活の基盤の異変に気づき、あわてて軌道修正した詩人の良心の跡が読み取れないだろうか。

これら男性の女性に対する態度における創意がギヨーム一人の才能に負うものか、また彼の作品を通してくみ取られる良心の危機が彼個人のものか彼の属する社会のものだったのか、断定することは難しい。少なくとも言えることは、ギヨームが無定見のままであった当時の社会の全般的傾向を、はっきり結晶化させたかたちで示し、世俗的抒情性がまだ文化的ステータスを獲得していなかった時代に、俗語による恋愛詩に貴族文学的品位を与える口火を切る役を演じたということである。こうして十一世紀末から十二世紀に入る頃、フランス南西部の宮廷で生まれた文芸の中で、女性たちはそれまで押し込められていた閨房から出て、男たちの自尊心が拒んでいた新しい地位を得ることになった。その新しい女性像による恋愛詩は、旋律と共に彫琢されながらギヨームの後継者たちに受け継がれ、十二世紀半ばから後半にかけて最盛期を迎えると、第二世代と呼ばれるトルバドゥールたちによりさまざまな変奏曲が生み出された。

この成功は強力なエネルギーとなって速やかに西ヨーロッパの各地に波及した。十二世紀も終わらぬうちにその愛の理念と形式は、まず北フランスの詩人（トルヴェール）たちを魅了し、クレチアン・ド・トロワ（一一三五頃－一一八三頃）の物語に着想を与え、ドイツでは新しい恋愛《ミンネ》観と恋愛歌《ミンネザング》によって宮廷社会の在り方をも根本的に変えさせ、早くからトルバドゥールたちと交渉のあったイタリアでは、十三世紀に入ってシチリアの宮廷からトスカーナ、フィレンツェの宮廷へとその〈愛〉の系譜は連なり、やがてダンテ（一二六五－一三二一）はベアトリーチェへの愛を『神曲』において、ペトラルカ（一三〇四－一三七四）はラウラに対する思慕の念を『カンツォニエーレ』において、自己の魂の導き手となる至高の愛のかたちで結晶させるのである。

注

（1）今日、言語学上画定されているこの境界は、ずっと南寄りにさがり、ジロンド川の河口を起点としてリムーザン、オーヴェルニュの諸地方を経てグルノーブルの南側を通り、アルプスに至る線によって南北に分けられている。詳しくは、拙論「オクシタニー言語事情」（福岡大学「人文論叢」第十六巻第三号）を参照せよ。

（2）*Les Serments de Strasbourg*：シャルルマーニュ Charlemagne の孫、初代東フランク（ドイツ）王ルイ Louis（八〇五頃－八七六）と初代西フランク（フランス）王シャルル Charles le Chauve（八二三－八七七）の兄弟は、八四一年六月二十一日長兄である西ローマ皇帝ロテール Lothaire（七九三－八五五）をフォントノワの戦いで破った。翌年の二月十四日、二人はそれぞれの軍隊を率いてストラスブールで会見し、互いに同盟関係を再確認するため、ルイはシャルルの将兵たちと、その将兵たちの日常語であるロマン語（オイル語）で、シャルルはルイの将兵たちとドイツ語で宣誓をおこなった。この宣誓文はそのままの形で、同時代の年代史家ニタール Nithard によって現代まで伝えられている。

（3）北部では、イル＝ド＝フランスの方言が、パリでの王権の確立と共に〈公式フランス語〉として定着するが、南部では、十三世紀前半にアルビジョワ十字軍戦争の渦中に巻き込まれてから、オック語はその文学と共に次第に衰微の道をたどりはじめ、十三世紀末にトゥールーズの領土が北部側に併合されると、〈フランス語〉の波が押し寄せてくる。そして十五、十六世紀には、フランスの中央集権化政策に言語統一ということが折り込まれ、オック語圏でもフランス語が唯一の公用語となった。

（4）Gustave Cohen, *Tableau de la littérature française médiévale*, p. 13.

（5）Eble II de Ventadour：《十二世紀の初めの頃から、ヴァンタドゥールのエブル二世は、その詩才において、豪勢さ気前のよさをお互いに競っていたことが知られている宗主ギヨーム九世に負けず劣らず、世に名が知れていた……》（A. Jeanroy, II, p. 16）。

（6）Bernard de Ventadour：拙論「トルバドゥールの伝記（二）」（福岡大学「人文論叢」第七巻第四号）、「ヴァンタドゥールの廃墟」（「流域」七号 八－一〇頁 青山社）を参照せよ。

（7）トルバドゥールたちの活発な詩的活動を支えたのは、各地の宮廷を中心とする文芸の庇護《メセナ》であった。その最初の模範となったギヨーム九世のポワチエの宮廷は、以来六十年以上多くの詩人たちを迎えもてなした。北部フランスをはじめヨーロッパ各地へ、トルバドゥールの文学を普及させた最大の功労者は、ギヨーム九世の孫娘のアリエノール・ダキテーヌ Aliénor d'Aquitaine（一一二二－一二〇四）である。ギヨーム九世が息子のギヨーム（十世）と、自分の愛人（シャテルロー子爵夫人）の娘との間に望んだ結婚によってできた彼女は、祖父から受け継いでいた文学趣味とともにトルバドゥールの詩を、一一三七年フランス王ルイ七世の妻となった時北部フランスへ、一一五二年ルイと離婚してプランタジネット家のヘンリー（二世）と再婚するとイギリスへと、行く先々に持ち込んで普及させた。そしてヘンリー二世をはじめ、彼女の子どもたち（シャンパーニュ伯夫人マリ、ブロワ伯夫人アエリス、ヘンリー若王、リチャード獅子心王、ジェフリー）も各地で詩人たちを強力に庇護した。

（8）Guillaume VIII, Gui-Geoffroi（一〇二七－一〇八六頃）：為政者としても武人としてもすぐれ、小領主たちを征圧して勢力を拡大した。一〇五九年五月二十三日、ランスで行われたフランス王（フィリップ一世）の戴冠式には、王の在俗の臣下中最上位の座で列席した。一〇六二年にサントンジュ地方を征服、一〇七〇年にはアルマニャック伯ベルナールとの熾烈な戦いの末ガスコーニュ地方を併合、ギヨーム八世と名乗ってからアキテーヌとガスコーニュの公爵位を統合した。スペインにおいてもイスラム教徒（ムーア人）と戦い、一〇六四年アラゴンのバルバストロを占領した。

（9）*Poème sur Boèce*：十世紀末、リムーザン方言で書かれた十音綴単一脚韻の詩節より成る作品で、イタリアの哲学者であり《哲学の慰め》の著者であるボエティウス（四八〇－五二四）の生涯と獄中生活が語られている。残っているのは二五九行の断片である。

（10）*la Chanson d'Antioche*：オイル語版は十二音綴詩句（アレクサンドラン）九〇〇〇行より成る武勲詩。トルヴェールのグランドール・ド・ドゥーエ Graindor de Douai が、リシャール・ル・ペルラン Richard le Pèlerin の今は亡失している詩を一一八〇年頃に手直ししたもの。リシャールがアンチオキアの占領（一〇九八）まで語っていたものに、グランドールは五人の騎士のロマネスクな物語とエルサレム占領からゴッドフロワ・ド・ブイヨン Godefroi de Bouillon の戴冠に至る物語を加えて、組み合わせている。オック語版の方は、これより以前の一一二〇年頃、第一回十字軍に参加したリムーザンの騎士グレゴリ・ボチャード Gregori Bochada が書いたもの。現存するのは七〇七行で、挿話として南仏の領主たちの武勲が強調して語られている。

(11) Foulques IV le Réchin（一〇四三－一一〇九）：アンジュー伯（在位一〇六八－一一〇九）。彼の四人目の妻であったベルトラード・ド・モンフォール Bertrade de Montfort は、彼のもとを去ってフランス王フィリップ一世と結ばれる。この〈不義密通〉によって、フィリップ一世は教皇ウルバヌス二世に破門される（一〇九五）。

(12) Ermengarde：生年不詳、一一四六年没。

(13) Alain IV Fergent：生年不詳、一一一九年没。

(14) Guillaume IV：トゥールーズ伯（在位一〇六〇－一〇九二）。

(15) Mahaut-Philippa：生年不詳、没年については一一一六年、一一一七年、一一一八年と資料によって異なるが、石井美樹子氏の『王妃エレアノール』（平凡社）によると、一一一八年十一月二十八日（三七頁）となっている。

(16) Sanche Ier Ramirez（一〇四三－一〇九四）：ガスコーニュとラングドックの諸侯らの支援を得て、二十五年間アラゴンのウエスカ王 le roi de Huesca に対するレコンキスタ（国土回復運動）を指揮し、ウエスカ近傍の攻防戦で戦死。

(17) Raimond IV, *Raimond de Saint-Gilles*：一〇四二年トゥールーズで生まれ、一一〇五年トリポリで没す。トゥールーズ伯在位は一〇九二年から一一〇五年まで。

(18) ギヨーム四世は二度の結婚で二人の男子をもうけていたが、いずれも幼時に亡くなっており、フィリッパは一人っ子のかたちになっていた。

(19) Urbain II, *Urbanus II*（一〇四二－一〇九九）：シャティヨン＝シュル＝マルヌ生まれのフランス人。教皇在位は一〇八八年から一〇九〇年まで。

（20）Bertrand：トゥールーズ伯（在位一一〇五－一一一二）。
（21）Guillaume II le Roux, *William II*（一〇五六頃－一一〇〇／イングランド王在位一〇八七－一一〇〇）は、父ウイリアム一世（征服王）からイングランド王位を継承していたが、兄ロベール Robert が相続していたノルマンディーへも侵略した。ロベールが一〇九六年十字軍のための資金調達と引き換えに権限を委譲したことによって、ウイリアムはノルマンディーでの統轄権を掌握する。そして一〇九八年、つまりギヨーム九世がトゥールーズ伯領の奪回を果たした年から、ウイリアム二世はフランス王（フィリップ一世）を相手に、メーヌとヴェクサン地方の再征服に乗り出していた。
（22）Héraclée, *Hêrakleia*：黒海に臨む小アジア（ビシニア王国）の町。
（23）Baudouin Ier（一〇五八－一一一八）：エルサレム王（在位一一〇〇－一一一八）。ブイヨン公ゴッドフロワの弟。第一回十字軍に参加し、エデッサ伯となり（一〇九八）、兄の死によってエルサレム王の称号を得る。
（24）Ascalon：パレスチナの古い港町。
（25）J. C. Moore, *Love in Twelfth-Century France*, p. 79.
（26）Alphonse Ier Jourdain（一一〇三－一一四八）：シリアのトリポリの近くで生まれ、カイサリアで没す。トゥールーズ伯在位は一一一二年から一一四八年まで。兄ベルトランの死によって、トゥールーズ伯のほか、ナルボンヌ公とプロヴァンス侯になった。聖職者といざこざを起こして二度破門される。一一四四年モントーバンの新しい町づくりをして、一一四七年に聖地へ赴く。
（27）Guillaume de Montmaurel：詳細不明。
（28）リュシニャンのユーグ Hugues le Brun とその同盟者パルトネのギヨームなどが反乱を起こしていたが、そうした小ぜり合い中ギヨーム公は脚に重傷を負った（M. de Riquer, p. 106）。
（29）Reconquête, *Reconquista*：七一一年以後イスラム教徒によって占領されたイベリア半島を、スペイン人（キリスト教徒）が奪回した国土回復運動。この戦いは一四九二年サラセン人最後の拠点グラナダの占領をもって完了した。
（30）Alphonse VI（一〇四〇－一一〇九）：レオン王（在位一〇六五－一一〇九）、カスティリヤ王（一〇七二－一一〇九）及びガリシア王（一〇七三－一一〇九）。勇猛王 le Vaillant の別名があり、イスラム教徒と戦い一〇八五年にトレドを彼らから奪回した。

(31) Pierre Ier（一〇七〇頃－一一〇四）：アラゴンおよびナヴァール王（在位一〇九四－一一〇四）。アラブ人と戦い、一〇九六年にウエスカを占領した。ヴァレンシアでは、レコンキスタの英雄ル・シッド le Cid を支援した。

(32) Alphonse Ier le Batailleur（一〇七三頃－一一三四）：アラゴンおよびナヴァール王（在位一一〇四－一一三四）。フランス南部の諸侯とは緊密な関係にあって、トゥールーズ伯（アルフォンス＝ジュルダン〔前掲注26〕）は彼の臣下になっていた。

(33) Mozarabes：八世紀から十五世紀末までイスラム教徒の支配下にあったスペインのキリスト教徒に対して、アラブ人たちが与えていた呼称。

(34) Louis VI le Gros（一〇八〇頃－一一三七）：フランス王（在位一一〇八－一一三七）。イル＝ド＝フランス地方で跳梁跋扈していた小貴族たちと二十四年間にわたり戦いこれを従えた。また、イングランド王兼ノルマンディー公ヘンリー一世 Henri Ier Beauclerc とは、その兄のロバート Robert II Courteheuse と次いでロバートの息子のウイリアム Guillaume Cliton の主張を支持して、交戦した（一一一六－一一二〇）。一一二四年に神聖ローマ皇帝ハインリヒ五世がフランスを侵略した際は、すべての重臣たちの支援を得て応戦した。一方、都市に特権を与え、町村コミュニティーを実現させた。息子（のちのルイ七世）は、アキテーヌ公ギヨーム十世の跡取り娘、つまり最古のトルバドゥールの孫娘アリエノールの最初の夫となった（一一三七）。

(35) 拙論「トルバドゥールの伝記（二）」（福岡大学「人文論叢」第七巻第四号）ポワチエ伯の項より。

(36) J. C. Moore, *Love in Twelfth-Century France*, p. 79.

(37) 原文の筆者は、ベネディクト会修道士で年代史家の Guillaume de Malmesbury（一〇八〇頃－一一四二以後）。テキストは L. Kendrick, *The Game of Love*, p. 129 より借用。

(38) 「一部の歴史家たちは、Orderic Vital の一応証拠となる文章によって、彼（ギヨーム）がしばらくサラセン人の捕虜となったことを認めている」（A. Jeanroy, *Les Chansons de Guillaume. IX*, p. iii）。

(39) 原文の筆者は、十二世紀のフランス年代史家 Orderic Vital（一〇七五－一一四三以後）。テキストは L.

Kendrick, *The Game of Love*, p. 128 より借用。

(40) 長子ギヨーム（十世）は、一〇九九年にトゥールーズで生まれていた。

(41) G. de Malmesbury (L. T. Topsfield, p. 12).

(42) Orderic Vital (idem, p. 11).

(43) Geoffroi le Gros (L. Kendrick, p. 134).

(44) Geoffrey of Vigeois (L. T. Topsfield, p. 12).

(45) Cathédrale St-Pierre：この大聖堂で後年、ギヨームの孫娘のアリエノールが夫のフランス王（ルイ七世）と並んで、家臣たちの忠誠の誓いを受けることになる。

(46) これらの有名なエピソードは、同時代人の年代記作者の〈証言〉をもとに、いろいろなニュアンスの表現によって取り上げられてきている。ここでの内容・表現は、主として Topsfield (p. 12) のものから借用した。

(47) 石井著『王妃エレアノール』（三四頁）による。

(48) Maubergeon：〈悪い恋人〉の意味か?

(49) L. Kendrick, p. 211, note 24.

(50) Girard：詳細不明。

(51) Robert d'Arbrissel（一〇四七頃－一一一七）：ブルターニュのアルブリッセル生まれ。パリで学び、三十八歳でレンヌの司教代理となり、アンジェで神学を教えたのち、一〇九一年にクラーン（Craon）の森に入り隠遁生活をする。その後、フォントヴロー大修道院の建設（一一〇一）を手始めに、フランスの各地、イギリス、スペインにもその派の修道院を建てて事業を発展させていくが、奇人ともみえるこの行動派の人物にも、いくつかエピソードめいた話が残っている。はだしで、こじきのようなボロ衣をまとい、森の炭焼き小屋で数人の信者と黙想の生活を送っていた彼のもとに、熱狂的支持者が次々と集まり彼に従いはじめる。町から町へと移動をはじめたその奇妙な集団に、多数の女たちも加わる。夜はテントを張って野営をし、男女ひと所で寝ることも許した。ロベール自ら一部の女性たちが彼と一緒に寝ることを許し、純粋な愛はよからぬ欲望を遠ざけ得ることを示した。ある日、ルーアンで売春宿に入り、娼婦たちの中に坐って福音を説いた。それに感銘を受け共感した彼女たちはみんな宿を出て行く決意をし、僻地で庵を結んでの共同生活をはじめた。その後それがどうなったかは、語り伝えられていない(Maurice Bardèche, *Histoire des Femmes*, p. 54)。

(52) Bertrade de Montfort（一〇七〇?－一一一七?）：モンフォール伯シモン一世の娘。一〇八九年頃アンジュー伯フルク四世〔前掲の注11〕と結婚、一〇九二年にフランス王フィリップ一世が彼女を奪い、公教会の反対を押し切って結婚する。

(53) G. de Malmesbury (L. Kendrick, p. 135).

(54) J. Markale, *Aliénor d'Aquitaine*, p. 22.

(55) 没年については、前掲の注15を見よ。

(56) A. Dupuy, *Histoire chronologique*, p. 92.

(57) Aenor de Châtellerault：生年不詳、一一三〇年没。彼女の娘のAliénorという名前は、〈もう一人のアエノール〉を意味する *Alia-Aenor*（＝l'autre Aenor）から来ている。

(58) Guillaume X（一〇九九－一一三七）：アキテーヌおよびガスコーニュ公（在位一一二七－一一三七）。彼は豪奢な居城でトルバドゥールや教養人にかこまれて生活した。終焉の地はサンティアゴ・デ・コンポステーラであったが、死に臨んで公爵領をフランス王ルイ六世にゆだね、娘アリエノールとその王位継承者（のちのルイ七世）との婚約をととのえた。

(59) Aliénor d'Aquitaine（一一二二－一二〇四）：美女のほまれ高く、祖父ギヨーム九世の孫娘にふさわしい情熱的で奔放な波乱の多い生涯であったが、青春時代につちかわれた文学に対する理解とたしなみを終生持ち続けた。そして男を手なずけることに巧みな彼女は、お気に入りの才能ある詩人たちを自分のそばに引きとめようと努めた。彼女の庇護を受けたトルバドゥールの中には、セルカモン、マルカブリュ、ベルナール・ド・ヴァンタドゥールなどがいるが、特にベルナールは、一一五四年十二月ヘンリー二世と彼女の戴冠式に招かれてイギリスに渡り、その地にしばらく滞在している。なお、アリエノールについては、前掲の注7、34、57、および58も併せて参照されたい。

(60) 《タルモンドワ（le Talmondois）の広大な所有地の近くのオルベスチエ（l'Orbestier）という地所》（Régine

Pernoud, *Aliénor d'Aquitaine*, p. 25)。

(61) 作品XI「歌ってみたくなったので」*Pos de chantar m'es pres talentz.*

(62) いわゆるアキテーヌ公領のことで、厳密な意味でのアキテーヌ地方ではない。

(63)『ボエースの詩』*Poème sur Boèce*〔前掲の注9を参照〕や『聖女フォワの歌』*Chanson de sainte Foy*〔一〇六〇年頃ラングドックとセルダーニュ（スペインとフランスにまたがるピレネーの東部地方）の境界地方で作られた〕など。

(64) ポワチエの文化の伝統は、名君として知られ、アキテーヌ公領の拡大と〈独立〉と同時に、文芸の保護に努めた Guillaume V（九六〇頃－一〇三〇）以来のものである。

(65) ネリは、ギヨームがシャルトル学派の影響と、プラトンと同時にアリストテレスの流れを汲む同郷（ポワチエ）の哲学者 Gilbert de la Porée（一〇七六－一一五四）の影響を受けているのは確かであるとし、ギヨームにおける《*Joy*》（歓び）の観念が、理想的な女の特性は、形而下の女性にその実在性を与えるものだとする Gilbert の命題の詩的置き換えである、と言っている（R. Nelli, *Troubadours et trouvères*, pp. 31-32）。

(66) サン＝マルシアル大修道院での音楽芸術の隆盛は、スイスのサン＝ガル Saint-Gall 修道院付属神学校の教師であり、詩人兼作曲家であったノトカー Notker（八四〇頃－九一二）と彼の学派の影響によるものであった。彼のつくったラテン語の反復歌（セクエンティア）は賛美歌の模範とされ、それがひとつの音楽運動となってフランスにも波及し、十世紀から十三世紀頃までリムーザン地方に典礼音楽の王国時代をもたらした。サン＝マルシアル大修道院には、音楽史上きわめて貴重な約二十の写本によって、当時の典礼歌集が伝わっている（Jean Beck, *La Musique des Troubadours*, p. 38）。

(67) トルバドゥールの最古の音楽作曲法は宗教色の濃いものである。ギヨームのものとしては全く異質の作品「歌ってみたくなったので」*Pos de chantar m'es pres talentz* の聖歌風の旋律と、サン＝マルシアル写本 SM1 の「喜びの新しき年」*Annus novus in gaudio* との曲調の類似性が指摘されている（J. Beck, idem, p. 39/H・ダヴァンソン著、新倉訳『トルバドゥール』一九六頁）。

(68) Baudri（または Baldéric）（一〇四七頃－一一三〇）：修道士で著述家。ロワール渓谷沿いの町ブルグーユ Bourgueil の修道院長をつとめ、一一〇七年からドル Dol の司教となる。著作の中で特に第一次十字軍についての史記が有名。

(69) Hildebert（一〇五六－一一三三）：ル・マンの近くのラヴァルダン Lavardin で生まれる。トゥールで神学を修め、ル・マンの司教を経て一一二五年トゥールの大司教となる。教会法学者としても、教会の自由と健全な教理を熱心に擁護した。また古典に通じ、多くの説教集、聖人の伝記や詩を書いて活躍した。

(70) Bréri（または Bleheris）：『トリスタン物語』（一一七二－一一七六）を書いたトマ Thomas は、自分は今まで何人かの語り手がトリスタン・イズー伝説を物語るのを注意深く聞いたが、彼らはこの伝説に最も通じ最も信頼できる語り手であったブレリの話どおりに語っていない、と大いに不満の意を表明している（v. 841-851）。そして彼自身の物語は、ブレリが普及させていた〈真実〉の話に基づくものとして正当化しようとしている。ブレリという人物については、生没年も生涯についても詳らかでないが、彼が十二世紀初期に生きたウエールズの《有名な語り手》で、十二世紀初頭にポワチエにやって来て、ブリテン列王の物語を聞かせたことは、ウエールズの聖職者 Giraut de Cambrie が書いた『ウエールズ案内記』*Descriptio Kambriæ*（1194）や『ペルスヴァル』*Perceval*（*le Gallois*）の続篇が〈証言〉している（René Louis, *Tristan et Iseult*, p. 265/J.-Ch. Payen, *Le Prince d'Aquitaine*, p. 24）。

(71) Maghreb：北アフリカのモロッコ、アルジェリア、チュニジアを含む地方。

(72) 一〇九八年と一一一四年。

(73) このことに関連して、歴史家のイブン・ハイヤーン Ibn Haiyûn（九八七－一〇七六）は、捕虜になった一人のイスラム教徒の娘が、リュートを手にして、涙を流しながら歌をうたった様子を伝えている（Marrou, *Les Troubadours*, pp. 118-119）。

(74) ギヨームがクタンダで勝利を得て、多数の捕虜を連れて帰ったことは『サン＝メクサン年代記』*Chronique de Saint-Maixent* がはっきり証言している（J.-Ch.Payen, p. 28）。

(75) Sanche IV（一〇三九頃－一〇七六）：ギヨームの妻フィリッパの前夫アラゴン王サンシュ一世〔前掲の注16〕と同盟してカスティリヤ王サンシュ二世 Sanche II le Fort（一〇三八？－一〇七二）と戦って死に、彼の王国はアラゴンに併合される。

(76) R. Briffault, *Les Troubadours et le Sentiment romanesque*, p. 63（筆者付記――合計二十七人のジョング

ルールとされているが、十三人と十二人と一人では二十六人となり計算が合わない).

(77) R. Briffault, op. cit. p. 65.

(78) R. Nelli, *L'Erotique des Troubadours*, p. 44.

(79) スペイン語による最初の文学が現われたのは十一世紀中期になってからである。それは〈モサラベ詩〉または〈アンダルシア詩〉と呼ばれる抒情歌の短い断片であり、スペイン語で書かれているが、アラブ的特徴をもち、時にはアラブ詩やヘブライ詩の末尾に置かれていた。これらの断片は、しばしば淋しさや別離の苦しみを帯びた、女性の口を借りて発せられる、繊細な恋の感情を表現している。のちに、騎士道文学の叙事詩と武勲詩がスペイン人たちを熱中させることになる。

(80) al-Mu'tamid(一〇四〇-一〇九五):十一世紀の後半期セビリヤを支配していたアラブ王朝三代目の王。スペインのイスラム君主の中で最も強大な力をもち、イベリア半島の南西部の大部分を掌握していた。一方、北アフリカにはアルモラビデ朝 Almoravides(一〇五五-一〇九三)の君主《サルタン》ユースフ・イブン・ターシュフィーン Yûsuf ibn Tâchfîn(一〇六一-一一〇六?)がモロッコ、チュニジア、アルジェリアを含む北アフリカを征服し支配下に置いていた。カスティリヤ王アルフォンス六世〔前掲の注30を見よ〕の攻撃の脅威にさらされていたアル=ムァタミドの要請を受けて、ユースフはスペインに救援に行き一〇八六年キリスト教徒を破ったが、アンダルシアの小国(一〇三一年コルドバのカリフ王国解体後の小国家)の王たちの王権を奪い、アル=ムァタミドをもモロッコに追放してセビリヤ王国までも奪って自領とした(一〇九〇)。

(81) H・ダヴァンソン著、新倉訳『トルバドゥール』一七六頁。

(82) 《一部のオクシタニーの領主たちは(おそらくギヨーム九世も、当時はまだ子どもに過ぎなかったが)自分の宮廷で、アンダルシアの旋律にのせて恋の詩がうたわれるのを聞いたということも、考えられなくはない》(R. Nelli, *L'Erotique des Troubadours*, pp. 45-46)。

(83) 《オルデリック・ヴィタル*の報告どおり、ギヨームが数か月その捕虜であったとするならば、一年近く、多分サラセン人たちのもとにとどまったアンティオキアのタンクレード**の宮廷で、アラブの詩と風俗習慣をひと通り会得する時間があったと思われる》(R. Nelli, *L'Erotique des Troubadours*, p. 41)。

＊ Orderic Vital（一〇七五－一一四三以後）：フランスの歴史家。イギリス生まれで、若くして修道院に入る。特に、資料を駆使して書かれた「教会史」の著者として知られる。
＊＊ Tancrède de Hauteville（一〇七八頃－一一一二）：第一次十字軍に参加、武功をたてガレリア侯に封ぜられ（一〇九九－一一一二）、アンティオキア侯領をも支配した（一一一一－一一一二）。

（84） T・J・ゴートン著、谷口訳『アラブとトルバドゥール』一八一－一八六頁。

（85） J.-Ch. Payen, *Le Prince d'Aquitaine*, p. 28.

（86） 第二次十字軍（一一四七－一一四九）後に、貴族社会の女性の地位が更に向上したことを、リタ・ルジュヌ女史は次のように説明している。《第二次十字軍の後に、女性の立場を有利にすることになる非常に顕著な動きは、多くの身分の高い貴婦人たちが、十字軍兵士たちと共に出陣した事実と切り離すことができない。それにより彼女らは、思いもしなかった事実上の自立を得たのである。そうでない場合、旅もせず、城に居ながらにして、それまで知らなかった政治権力と経済力を獲得した。自分たちのまわりの文学の方向を変える好機でもあった》（R. Lejeune, *La Femme dans les littératures française et occitane du XIe au XIIIe siècle*, p. 216）。

（87） シャルルマーニュ（カール大帝）は学問、学術、教育にも意を用い、多くの学校を設立し、宮廷にはすぐれた学者などを集めて〈カロリング文化〉を開花させた。その文化の発展に、聖職者たちが大いに与って力があった。

（88） Marbode（一〇三五頃－一一二三）：一〇九六年から一一二〇年までレンヌの司教をつとめた。詩人・文筆家でもあり、詩のほかに聖者伝や書簡体の作品がある。

（89） Yves Lefèvre, *La femme au moyen âge en France, dans la vie littéraire et spirituelle*, p. 82 より借用。

（90） Roger de Caen：詳細不明。

（91）、（92）、（93） Yves Lefèvre, op. cit. pp. 82-84.

（94） これら聖者伝は、学者（ラテン）語より土着言語（方言）で書かれたものが多い。リタ・ルジュヌ女史は、これらの大多数は匿名で書かれているため確証はないが、そのかなりの部分は学識のある修道女たちの手によるものと思われる、と述べている（R. Lejeune, op. cit. p. 202）。

(95) *Séquence de sainte Eulalie*：作者不詳、書かれた場所はサン=タマン Saint-Amand（ノール県）の僧院。言語はピカルディー=ヴァロワ方言の特徴を示すロマン語。二十九の詩句より成り、三世紀のスペインの聖女ウーラリーをたたえるラテン語の続唱から着想を得ている。

(96) *Goliards*：《*Clerici*《クレリキ》 *vagi*《ウアギ》》（放浪神学生）とも呼ばれ、十世紀からラテン語で官能的な風刺のきいた酒盛りや葬送の歌を作っていたが、彼らの詩の中には、十二、十三世紀にオック詩が発展させた殆どすべてのジャンル（シャンソン、田園詩《パストゥレル》、論争詩《タンソン》、曙の歌《オーブ》、哀悼歌《プラーヌ》など）の初歩の形がみられる。

(97) *Chanson de Roland*：《それでも女性たちが、そこですっかり忘れられているわけではない。この作品の冒頭において、女性たちは不在であるけれども、いわば影響力はもっているのである。彼らはフランスを思い、妻との再会を望む。家族の優しさを取りもどす必要と、愛する連れ合いの愛情を取りもどしたい気持が帰国を早め、それにより悲劇が起きることになるのである》（Yves Lefèvre, op. cit. p. 85）。

(98) *Chanson de Guillaume*：この武勲詩を伝える唯一の写本は、十三世紀のアングロノルマン方言で書かれたものであるが、歌そのものの年代は、十二世紀初期または十一世紀末期にさかのぼるとされている。《戦いの場面は、この簡素で壮大な作品において大きな場所を占めている。しかしバルセロナにおける場面も、興味深いものがある。われわれはそこでは、もはや遠征中でない、自分の領地での、わが家でのギヨームが見られるのであり、しかもその妻であるギブールの人物が、みごとに描き出されている。恐らくそれは、中世がわれわれに残した最も美しい女性像の一つ、いずれにせよ最もわれわれの心をとらえる女性像である》（Yves Lefèvre, op. cit. pp. 86-87）。

(99) *Fin'amor*：この表現が最初に現われるのはセルカモン Cercamon（詩作活動期間：一一三七－一一四九）においてである。《なぜなら千人以上の者のうち、至純な愛の神が／望みをかなえるほど誠実な者は二人もいないから Qu'en plus de mil no.n a dos tan verays / Que *fin' Amors* los deja obezir》（V, 17-18）。

(100) その報酬がどのようなものか、多くのトルバドゥールたちはそれを隠そうとせず、初期のトルバドゥールたちはかなり露骨なことばでそれを求めている。彼らがプラトニックな愛を甘んじて受け入れるようになったのは、ずっとのちになってのことである。詳しくは、拙論『トルバドゥールにおける愛の系譜』（福岡大学「人文論叢」第五巻第一号）を参照。

（101）ギヨームの作品中、《joy》という言葉が十二か所で用いられている。しかし彼においては、自然的な騎士風恋愛のレベルのものであって、正統的な宮廷風愛のそれとは、もともと混同し得ないものである。

（102）*mezura*：マルカブリュ Marcabru（詩作活動期間：一一三〇－一一四九）がこの語を初めて用い、〈節度〉を愛と雅《みやび》に結びつけている。《節度を十分守りうる者こそ／みやび男《お》として自負しうる De Cortesia.is pot vanar / Qui ben sap *Mesur'* esgardar》（XV, 13–14）。

（103）不倫の恋、つまり相手の女性たちは既婚者であるということ。

（104）L. T. Topsfield, *Troubadours and Love*, p. 11.

（105）従来多くの研究者たちが、これらの作品はギヨームのシャテルロー子爵夫人への愛によって着想された、とする見解をとっている。二人が愛人関係に入ったのは一一一二年頃、ギヨームが四十歳過ぎた頃とみられている。

（106）騎士風恋愛：この形の愛は、戦いの勲功により意中の女性の恩顧を得んとするもので、英雄的行為を女性への憧憬と結びつけんとした愛。そこでは純潔はまだ尊しとされるには至っていない。行きつくところは姦通〈行為〉であり、そうでない場合（男性は理想の恋人として未婚女性をも選び得た）は、結婚ということにもなった。この愛においては、騎士道の掟として「誠実な騎士に報いる」ことを、女性に対し義務として課することもできたはずである。

（107）前掲の注39とその本文、および注83を併せて参照。

（108）A. Jeanroy, *Les Chansons de Guillaume IX*, pp. VIII-X.

（109）《季節（一般に春または夏）の喚起で愛の詩を始める慣例は、西欧の騎士的愛の形成そのものより前にはじまっている。それは既にアラブ詩において、また十世紀のネオ・ラテン詩において現われている。その慣例自体は、宮廷風でもなければ騎士風でもない》（R. Nelli, *L'Erotique des Troubadours*, pp. 93–94）。

（110）最後の音節に強勢がくるもの（オクシトン）。

（111）前半句の最終の無強勢音節が、あとの半句の音節数に数えられる。

（112）強勢のあとの無強勢母音を落とし、音節数に入れない。

（113）この最後の詩節について、それまでの文脈とは関係のない、家臣たちへの一種の反歌（envoi）であるとする見方もある（R. Lafont, *TROBAR*, p. 73）。

(114) 結びとなる最後のⅧの詩句は、みんなが一斉に声をそろえて繰り返したと思われる（J.-Ch. Payen, *Le Prince d'Aquitaine*, p. 81）。

(115) Gardador（＝gardien）の古い語形として、garda, warda, gardator などがみられるが、これらは wardon（＝regarder）というフランク語の動詞から借用したものである。これが職務として封建制度下では、シャルルマーニュ（七四二―八一四）の時代にすでに存在していて、当初は召使いや奴隷の仕事として、王や皇帝の所有地を火事や盗難から守る役目を担っていた。しかし封建領主のもとでは、役人が領地の防衛や治安の任にあたるなど、その役目も時代とともに変わってきていた（Glynnis M. Cropp, *Le vocabulaire courtois des troubadours de l'époque classique*, p. 250）。

(116) Glynnis M. Cropp, op. cit. p. 251.

(117) 現存するトルバドゥールの詩の中でこの語が見出されるのは、ギヨーム以後では、十二世紀の中期と後期に詩作活動をしたマルカブリュ Marcabru（II, 16-17）とベルナール・マルチ Bernart Marti（App. I, 28）における二例（いずれも語形は guardador）のみである。ゴーセルム・フェディト Gaucelm Faidit（十二世紀後半）にみられる gardaire（LIX, 7）は、自分の妻を大事に守る者（夫）を意味する。

(118) ここでは《con》（女陰）という語が四回用いられているが、その直接的な訳語は避けて〈女〉とした。

(119) 原詩において見られるように、ここの最後の二行の詩句は部分的に欠けて不完全である。上掲の訳は、次のような A. Jeanroy の仮の補完（下線の部分）による語句にもとづくものである。A revers planh hom la tala si·l damnatges non i es pres. /Tortz es car hom planh la tala quan negun dan no i a pres.

(120) Harem は、禁断の地を意味するアラビア語 *harim* から由来した語。婦人をハレムに閉じこめる風習は、イスラム初期のアラビアにはなかったが、十世紀から十一世紀ころには著しくなっていた。

(121) 拙論「トルバドゥールの伝記（十一）」（福岡大学「人文論叢」第十九巻第一号）ランボー・ドランジュの項の解説部分を参照。

(122) C. Camproux 氏は言葉遊びの要素も含まれているとして、この第I詩節の最終行の《Sobre chevau》などの例をあげている。彼によれば、この場合 chevau（馬）は chebau の発音になると、古オック語では

'supérieur, excellent, parfait' などを意味する形容詞 chebau（cabal）と混同される可能性があった。Sobre chebau（=absolument parfait）では「まったく申し分のない（詩ができた）」というふうになり、そこが作者のねらいではないか、というのである（*Ecrits sur les troubadours*, Tome I, pp. 23-24)。

(123) ポワトゥー方言の影響とみられる言語的特徴が、この詩の脚韻において認められる。第四、六、十、十六、十八、二十二、二十四、二十八、三十、三十四、三十六行の各詩句末の語 au, au, au, corau, Marsau, cau, amau, cau, ostau, jau(?), vau に見られる－au 形は、a に続く語末の l（または ll）の母音化したもので、これらが他の起源語で同じ－au 形の Anjau（四十行目）および contraclau（四十二行目）と押韻することができ、また altum（高地）に由来する au（十二行目）の形をもたらした（ibid. pp. 14-15)。

(124) 妖精は「子供の誕生と関連し、妖精物語には善良なものと邪悪な名づけ女親が数人出席して、生まれた子供の将来を決定する」（『イメージ・シンボル事典』二一七頁）。

(125) Cholakian, *The troubadour lyric*, p. 21.

(126) 「鍵穴は、陰門（『雅歌』五、四）＊を表わし、また悪魔、悪女などが入りこむ場所で、悪魔や魔女が入るのを防ぐためには、鍵穴をふさぐか、（鉄の）鍵を差しこんでおくとよい」（『イメージ・シンボル事典』三七三頁）

＊雅歌第五章四節「わが愛する者が掛けがねに手をかけたので、わが心は内におどった」（旧約聖書）。

(127) Lafont, ***TROBAR***, p. 68.

(128) Topsfield, *Troubadours and Love*, p. 31.

(129) イタリア生まれで、のちにシャルトル司教（一〇〇七）となったフュルベール Fulbert de Chartres（九六〇頃－一〇二八）は、シャルトルの大聖堂付属学校長（九九〇）となり、その学識と指導力により、そこをシャルトル学派としてヨーロッパでも有名な、文芸・哲学研究の一大センターにした。また、信心深く学芸の保護につとめたアキテーヌ公ギヨーム五世（九六〇頃－一〇三〇）と親交があり、その協力によって一〇二〇年火災で損壊したシャルトル大聖堂の再建にとりかかった。ポワチエの宮廷とシャルトルとの結びつきは、その頃からのものであった。

(130) 例えば、アングロサクソン人の著名な哲学者、神学者アルキヌス　Alcuin（七三五－八〇四）の弟子であったフレデギス Frédégis（?－八三四）が無について論じた『無と暗黒について』*De nihilo et tenebris* を、リヨンの大司教アゴバール Agobard（七七九頃－八四〇）は激しく批判・攻撃している。

(131) Lafont, *TROBAR*, p. 69.

(132) Ni fer ni fust「こうともああとも」（鉄だとも木だとも）は、《その意味によるよりも音の響きのために作者が選んだものである》(R. Nelli, *Ecrivains anticonformistes*, p. 41)。

(133) この意味不明なことばに、A. R. Nykl は作者がシリアで話されていたトルコ語と混ざったアラブ語にも通じていたことの証左として解釈を与えているが、I. Frank はそれはまったく根拠のないものとして斥けている（Nykl, *Troubadour Studies*, Cambridge, Mass., 1944, p. 4; Frank, *Babariol-Babarian dans Guillaume IX*, *Romania 73* [1952], pp. 227-234）。

(134) 写本Cの異文では、最初の第I、第IIおよび第IV詩節が削除されており、ここに掲げたテキストのやや唐突な幕切れに続いて、次のような主君の詩の伝達人への呼びかけで始まる最終詩節（XII）によって結んでいる。*Monet, tu m'iras al mati, / Mo vers portaras el borssi, / Dreg a la molher d'en Guari / Et d'en Bernat, / Et diguas lor que per m'amor / Aucizo·l cat.*（モネよ、夜が明けたらすぐ行ってくれ／革ぶくろに入れたこの詩を携えて／まっすぐガラン氏とベルナール氏の／細君のもとに／そして伝えてくれ、俺に免じて／あの猫を殺しちゃえ、と。）

(135) ギヨーム九世の先祖のアキテーヌ公爵夫人にこれらの名前の者がいた。また、これらは女帝にもみられた名前である（J.-Ch. Payen, *Le Prince d'Aquitaine*, p. 99）。

(136) Saint Léonard（?－五五九頃）：フランスの隠修士。はじめフランク王クロヴィス一世（四六五－五一一）の家臣であったがカトリック教に改宗、のちにリムーザン地方の森の中に、その後サン＝レオナール＝ド＝ノブラ Saint-Leonard-de-Noblat と呼ばれることになる修道院を建てて引きこもった。そしてその地所に元捕虜や受刑者を受け入れ、農作業の労働によって名誉を回復させた。捕虜・病人・農民の保護聖人として崇められ、中世には多くの巡礼者がそこを訪れていた。

(137)『デカメロン』*Decameron*（一三四九－一三五三）の三日目の第一話〈ランポレッキオのマゼットは唖をよそおって、女修道院の園丁となる。修道女たちがことごとく競って彼と共寝する〉（筑摩書房刊、柏熊達生訳より）。ここの主人公の場合は、ある女修道院の庭師をやめた男から後がまを探しているという話を聞き、若い修道女たちと暮らせるようになれば、常々望んでいたことがかなえられると大いに乗り気になって、何としても自分の思いを遂げたいと思う。しかし修道院というのは禁欲的な所であるだけに、自分のように若くて男前であれば断られるかも知れないという不安のあった彼は、一計を案じ唖の物乞いになりすまして望みを果たすのである。序ながら、同じ『デカメロン』の四日目第九話では、スタンダールの『恋愛論』の中でも紹介されている〈妻にその恋人の心臓を食わせた話〉として有名な十三世紀初期のトルバドゥール、ギヨーム・ド・カベスタンの悲恋にまつわる伝説は拙論『トルバドゥールの伝記（十四）』九四三―九五五頁（福岡大学「人文論叢」第二十巻第三号）で語られている。

(138) この《cairavallier》という語は〈ハパックス〉（hapax：限定された文献資料中ただ一度しか使用例が見られない語や表現）であり、いくつかの写本によって解釈が異なる（本テキストは写本C）（A. Jeanroy, *Les Chansons de Guillaume IX*, p. 38 を参照せよ）。しかし《いずれにせよ、このくだりの解釈は全く疑う余地がない。詩人が言わんとしているのは、強烈な淫楽のあとでさえも、まだ相手の女を満足させることができる、そしてそれによって〈騎士の愛〉の卓越性を表明しているのである》（J.-Ch. Payen, *Le Prince d'Aquitaine*, p. 105）。

(139) Sanh Jolia：十二世紀の聖人（生没年不詳）。伝説によると元猟師であったが誤って両親を殺し、その罪滅ぼしに隠棲の地に巡礼者などのための慈善施設を建てた。

(140) Laura Kendrick, *The Game of Love*, pp. 125-126.

(141) Cholakian, *The troubadour lyric*, p. 29. 恋愛行為を戦争的な比喩によって描く方法は、ギリシア最古の恋愛物語『テアゲネスとカリクレイア』（三世紀：作者はヘリオドロス Héliodoros）においてすでに用いられている。

(142) ドニ・ド・ルージュモン著／鈴木・川村訳『愛について』三六三頁。詳しくは、Denis de Rougemont, *L'Amour et l'Occident*, pp. 264-296。

(143) 伝道の書：空の空、空の空、いっさいは空である。日の下で人が労するすべての労苦は、その身になんの益があるか（一の二、一の三）。わたしは自分の心に言った、「さあ、快楽をもって、おまえを試みよう。おまえは愉快に過ごすがよい」と。しかし、これもまた空であった（二の一）。

(144) 逐語的には〈よく知ること〉の「よろこび」であるが、一方、異性（男性が女性）を〈性的に知る〉という意味もある（Cholakian, p. 30）。

(145) 《この試練は、十二世紀初頭においては、民族学者たちも言うように、一つのゆっくりした段階にすぎず、その間に相手の女性の方は、自分の恋人に彼女の全人格をゆだねる前に、彼の騎士としての値踏みをしていた。……それはまだ事実（行為）はまったく考えに入れず、完全に精神的に一体となるための〈試し〉（essai）には少しもなっていない》（R. Nelli, *L'Erotique des Troubadours*, p. 95）。

(146) Glynnis M. Cropp, *Le vocabulaire courtois des troubadours de l'époque classique*, pp. 118–119.

(147) J.-Ch. Payen, *Le Prince d'Aquitaine*, p. 110.

(148) Cholakian, op. cit. p. 31.

(149) ibid. Payen, op. cit. p. 110.

(150) R. Nelli, *L'Erotique des Troubadours*, p. 95.

(151) 「彼女のしもべにしてもらってよい」'Qu'en sa carta·m pot escriure.' の逐語訳は《彼女の認許証（奉仕者リスト）に自分の名前を書き入れてもらってよい》。

(152) ここで用いられている 'azori'（<azorar［=adorer］）は、おそらく宗教用語から借用したもので、宮廷風恋愛で崇拝の義も含まれるが、それは相手を偶像視するほど盲目的なものではない（Glynnis M. Cropp, p. 406, note）。

(153)、(154) 'deslonha'（<delonhar［=éloigner, écarter］）と 'ponha'（<ponher［=piquer, exciter］）に代わる 'deslonja' と 'ponja' の語形は脚韻上必要とされたに違いない。それぞれの二つの書記法は、いずれにせよ殆ど異なることのない音を示していたものと思われる（J. Jeanroy, *Les Chansons de Guillaume IX*, p. XIII）。

(155) 三十三、三十四行目の 'semble' と 'semblan' は、容姿の美しさを強調しての言葉の遊び。

(156) 前掲の注151を参照。

(157) 前掲の注70を参照。

(158) 十一世紀末から十二世紀初頭の頃《恋愛は相変わらず〈現実主義的〉で、人妻も未婚の娘たちも自然に殆ど逆らわなかったし、愛による貞節（純潔）の観念など全くなかった。けれども、女性への服従という振る舞いのテーマが、アラブ人たちからギヨーム九世に示唆され、確かに大諸侯と貴婦人たちの関係のなかに、より多くの礼儀作法のようなものを取り入れさせていた》（R. Nelli, *L'Erotique des Troubadours*, p. 104）。

(159) G. M. Cropp, *Le vocabulaire courtois des troubadours de l'époque classique*, p. 369-370.

(160) J.-Ch. Payen, *Le Prince d'Aquitaine*, p. 115.

(161) Gregorius一世（五四〇頃－六〇四／教皇位五九〇－六〇四）。著作として《ヨブ記講解》(Magna Moralia, 三十五巻)、《牧会規定》(Liber regulae pastoralis, 四巻）のほか、多数の説教集、書簡集などがある。

(162) 《ギヨーム九世が（作品Ⅷで）愛人に語りかけている皮肉をこめた言葉から判断すると、十二世紀初頭において、一部の育ちのよい貴婦人たちは、恋人を待たせじらすことは、自分たちの名誉にかかわることと考えていたのは確かである》（R. Nelli, ibid. p. 90）。

(163) 'morir'（死ぬ）という語を例えば、Bernart de Ventadour は二十九回、Rigaut de Barbezieux, Guiraut de Bornelh はそれぞれ十一回、Pons de la Guardia は八回、Arnaut de Mareuil は七回用いている（G. M. Cropp, ibid. p. 446）。

(164) ギヨームは他の作品では、抒情詩のジャンルとして自作の詩を 'vers' と呼んでいる。この 'chansoneta' という用語は、のちに Bernart de Ventadour も一度だけ作品（「慰めよ、今にして私は知る」*Conortz, era sai eu be* [XV, v. 49]）の中で使っているが、ほかでは殆ど見られない語である。

(165) 《Mi dons》の 'dons'（＝maître, seigneur）はラテン語の男性名詞 dominus の古オック語形で、一般にはこれに所有形容詞 'mi' が結びついた 'midons' の形が用いられている。この男性の呼称が前もって特定せずここでいきなり現われるが、無論これは男性としてではなく〈意中の女性〉のことである。このように愛の対象を男性化する慣わしは、封建制の主従関係を真似た意中の女性を宗主に見たてる愛の奉仕の着想によるのか、非常に古くからあった男の友情と同一基盤で愛を〈構築する〉ため、女性の精神的男性化を求める考えからの思いつきなのか。R. Nelli はそれよりも、十世紀以来ピレネー山脈の向こうの宮廷で行われていた慣習からの借用以外に考えられない、と言っている。事実、常に南フランスの宮廷と関係をもち続けていたお隣スペインのアラブ人の貴族社会では、殆どすべての点で似通った、英雄的行為と恋愛の同じような背景に結びついた同様の慣習が、百五十年来固定していたのである（R. Nelli, *L'Erotique des Troubadours*, pp. 97–98)。

(166) Joi d'amor（愛の歓喜）と固定化された表現になる以前の最初の形として、ここでは 'joy de s'amor' というふうに 'amor' に所有詞がついている。作者はこれによって〈歓び〉が、例外的な効力を秘めていることを強調しているのである。

(167) これまで用いられた 'mi dons'（v. 21, 37）が、ここにきてはっきり 'elha'（＝elle）と女性の形で示されている。

(168) 'cossir'（v. 15）（名詞／＝imagination）、'esguar'（v. 22）（名詞／＝regard）、'car'（v. 41）（形容詞／＝cher; tenir en *car*＝estimer）を除く。

(169)「陽の光」（太陽）は、旧約聖書で神ヤハウェの力の象徴とされていた。

(170) G. M. Cropp, *Le vocabulaire courtois des troubadours de l'époque classique*, p. 98.

(171)「《愛の歓喜》は〈節度〉や〈勇武〉に支配された欲情から解放してくれるばかりではない。それはさらに〈青春の泉〉でもあるのだ」（ルージュモン／鈴木・川村訳『愛について』一七五頁)。

(172) R. Nelli, *L'Erotique des Troubadours*, pp. 86–87.

(173)《ギヨーム九世がアラブ人たちから貴婦人に礼節をもって服従するという着想を得たとしても、その宗教的あるいは形而上学的背景も、一切の道徳的意味さえもつかんでいなかった…（中略）…貴婦人への服従は彼にとっていぜんとして遊戯であり、詩のテーマであり、礼儀上の原則なのだ》（R. Nelli, ibid. p. 102)。

(174)《われわれはギヨーム九世がこの（愛の歓びの）テーマを創出したとは思わない…（中略）。これは古代ギリシア・ラテン時代、とりわけプラトン学派において見られ、そこでは（しばしば同性《ホモセクシュアル》愛であったのだが）愛はそれまで鈍重で臆病だった者を雄々しく大胆にすると見なされていた。そしてまた十一世紀より以前のアラブの詩人たちにおいても、愛は同様に内気な者を勇気ある者にし、高慢であった者を謙虚にすると見なされていた》（R. Nelli, ibid. pp. 87–88)。

(175) R. Nelli, ibid. p. 61.

(176) 「……してみると十二世紀初頭には、すでに《愛の掟》が典礼のように定まっていたわけだ。《愛の掟》とは節度、奉仕、勇武、長い期待、貞節、秘密、感謝だった。これらの諸徳を通じて歓喜に導かれるのだが、この歓喜こそまことの愛 Vray Amor のしるしであり保証である」（ルージュモン、前掲書一七三頁）。

(177) 《Bon Vezi》（よき隣人）は男性で表わされているが、詩人の意中の女性を示す暗号名。前掲の注165と併せて参照。

(178) 「あの女に対すると怖じけ震えが来る」（作品VIII、v. 31）。「それほどに彼女を怒らせることを恐れ／私自身、過ちは犯したくないので／とても自分の愛を打ち明けられない」（作品IX、v. 44-46）。こうした《紋切り型の内気さ》について、R. Nelli は、《無器用さと根底にある女性蔑視からまだ改まっていない貴族の思い上がりの、混ざりあったものにすぎない》と述べている（*L'Erotique des Troubadours*, p. 95）。

(179) 夜の冷気にあたってしぼんで頭を伏せていた小さな花が／お日さまが出るときらきら光り／みな頭をもたげて茎の先に花開くように／私も意気阻喪から立ち直って／心中には昂然の気が漲り／解き放たれた人のように口を切った（ダンテ『神曲』地獄篇第二歌一二七－一三二行〔平川祐弘訳〕）。

(180) 拙論「トルバドゥールの伝記（二）」（福岡大学「人文論叢」第七巻第四号）ポワチエ伯の項を参照。

(181) 指環の贈与の慣わしはすでに古代において、とりわけヘブライ人に知られていた。その場合、指環は女性の売買に支払われる硬貨に代わるものとされていたと思われる。また指環の交換は、相互の貞操義務のようなものを象徴するものであった。婚約指環の慣わしはローマ人やアラブ人にもあったし、ニクル氏 A. R. Nykl は、指環の贈与がスペインのアラブ人とプロヴァンス人に共通の風習であったことを示唆している。しかしこの場合重要と思われるのは、プロヴァンス人において、アラブの大貴族たちと同様、指環が象徴する意味が逆になっていることである。つまり彼らにあっては、指環を与えるのは一般に女性の側で、婚姻外の恋愛においては常に男性が女性の〈家臣〉（もしくは女性に買収された奴隷）と見なされていたのである。この慣わしは、奥方《ダーム》たちが焦がれる男たちの愛情をかち得る結果になるほとんどの騎士道物語において再び見出される。代表的なトルバドゥールたちにおいても、多くの場合、恋人に指環を与えるのは女性側で、それにより奉仕者として受け入れることを相手にはっきり伝えている。しかも女性の方は引き替えに何も受け取らない。時には指環が高価な別の品物（宝石、絹の飾りひもなど）に代わることもある。ごく稀に、女性の方が指環や宝石を受け取ることもあった――例えば、フォルケ・ド・ロマン Folquet de Romans（十三世紀前期）は相手の女性に指環を与えている［Raynouard, *Lexique roman* I, p. 491］（R. Nelli, *L'Erotique des Troubadours*, pp. 96-97）。

(182) G. M. Cropp, *Le vocabulaire courtois des Troubadours de l'époque classique*, pp. 400-401.

(183) 《この最終行の最後の言葉は、Lejeuneも言っていることだが、脅しのような響きがある。それは破門を宣告しようとした司教を、剣でもって即座に殺すぞと言ったギヨームのあの非常に劇的な脅迫の場面を思い起こさせる》（Kendrick, *The Game of Love*, p. 181）／本書第一章を参照。

(184) この作品の第一詩節は次のとおり：五月の日の長くなる頃／遠い小鳥たちの歌が耳に快い／そこから立ち去ったとき／遥かな恋が思い出される／思いにふけり打ち沈みうなだれて／小鳥の歌もサンザシの花も／凍てつく冬のように私を喜ばせない（Jaufré Rudel V. I, 1-7）。

(185) ここに二つの作品を並べてみると、形式の類似性はより明らかであろう。

作品 XI

1. Pos de chantar m'es pres talenz,
Farai un vers don sui dolenz,
Mais non serai obedienz
En Peitau ni en Lemozi.

2. Qu'era m'en irai en eisil,
En gran paor, en gran peril,
En guerra laissarai mon fil
E faran li mal siei vezi...

Guillaume IX

ザジャル

1. Au fi'l asûl
Adha yaqûl
Ma li-shemûl
Latamat Khaddi

2. Wa li's-shemal
Habbat fa mal
Gûsn i' tidal
Dammahu bûrdi

Abû Bakr el Abjad（11世紀初頭）

(186) J-Ch. Payen, *Le Prince d'Aquitaine*, p. 134.

(187) Guillaume X（一〇九九－一一三七／アキテーヌ、ガスコーニュ公　一一二七－一一三七）併せて前掲の注58を参照。

(188) 前掲注8を参照。

(189) Hugues de Lusignan, Guillaume de Parthenay については、出生没年など詳細不明。

(190) Foulques V（一〇九〇頃－一一四三／アンジュー伯　一一〇九－一一二九／エルサレム王　一一三一－一一四三）：父親は Foulques IV le Réchin（無愛想王）、母親は父親フルク四世の四人目の妻で、のちに公教会の反対を押し切ってフランス王（フィリップ一世）の妃となった Bertrade de Montfort（一〇七〇?－一一一七?）（このためフィリップ一世は破門された）。ギヨームの最初の結婚相手 Ermengarde（?－一一四六）（三年後に離婚）はフルク五世の異母姉に当たる。

(191) 'peccador'（罪人）はおそらくラテン語の祈禱文の影響による語で、深い宗教的な意味が込められている。十一世紀からキリスト教信徒のあいだに広まり始めた〈アヴェ・マリア〉（天使祝詞）の第二部にある'*peccatoribus*'（罪人に）をギヨームはきっと知っていたであろう。なお、彼は他のところ（作品V）で'pechat'（罪）という語も使っている。これは世俗的・非宗教的な意味のもので、彼の日常口語を用いたものと思われる（Ch. Camproux, *Ecrits sur les Troubadours*, Tome I, p. 18）。

(192) 一一一七－一一一八年説は例えば、A. Jeanroy, R. Nelli, R. Lavaud, P. Bec など。一一一一－一一一二年説は J. Storost, M. de Riquer, J-Ch. Payen など。

(193) M. de Riquer, *Los Trovadores*, Tomo I, p. 139.「タイユブール要塞」の Taillebourg は Charente-Maritime 県内のシャラント河畔の小邑。「サン＝ジャン＝ダンジェリー」Saint-Jean-d'Angély はタイユブールの北東約十五キロのところにあり、サンティアゴ・デ・コンポステーラへの巡礼の宿場町として栄えていた。

(194) René Nelli, *Troubadours et trouvères*, pp. 21-22.

(195) J-Ch. Payen, *Le Prince d'Aquitaine*, p. 140.

(196) 南部オック語＝ガスコーニュ方言（gascon）、ラングドック方言（languedocien）、プロヴァンス方言（provençal）／北部オック語＝リムーザン方言（limousin）、オーベルニュ方言（auvergnat）、ヴィヴァレ＝

アルプス方言（vivarais-alpin）。

(197) A. Jeanroy, *Les Chansons de Guillaume IX*, p. III, note 1.

(198) C. Chabaneau, *Grammaire limousine*（cf. Camproux, *Ecrits sur les troubadours*, Tome I, p. 7）. Chabaneau はまた、リムーザン地方のトルバドゥール文芸発祥の地とされているヴァンタドゥール Ventadour のエブル Eble 子爵家の城では、恐らく（ギヨームの時代よりも）何代か前から詩人の養成が行われていただろうと推測している（Jeanroy, op. cit. p. XIX）。

(199) J. Anglade, *Grammaire de l'Ancien Provençal*, pp. 14-15.

(200) J. Pignon, *L'évolution phonétique des parlers du Poitou*（*Vienne et Deux-Sèvres*）, D'Artrey, Paris, 1960.

(201) A. Jeanroy, op. cit. pp. X-XI.

(202) J. Pignon, op. cit. p. 419, p. 427.

(203) A. Nouvel, *L'Occitan - langue de civilisation européenne*, p. 68.

参考文献

Anglade, Joseph, *Grammaire de l'ancien provençal*, Editions Klincksieck, Paris, 1977.

Audiau, J. et Lavaud, R., *Nouvelle Anthologie des Troubadours*, Delagrave, Paris, 1928.

Bardèche, Maurice, *Histoire des Femmes*, Stock, Paris, 1968.

Baret, Eugène, *Les Troubadours*, Lacour S.A., Nimes, 1991.

Beaumarchais, J.-P. de, Couty, D., Rey, A., *Dictionnaire des Littératures de Langue française*, Brodas, Paris, 1987.

Bec, Pierre, *Nouvelle Anthologie de la Lyrique occitane du Moyen Age*, Aubanel, Avignon, 1972.

Beck, Jean, *La Musique des Troubadours*, Stock, Paris, 1979.

Briffault, Robert, *Les Troubadours et le Sentiment romanesque*, Slatkine Reprint, Genève, 1974.

Camproux, Charles, *Histoire de la Littérature occitane*, Payot, Paris, 1971.

Camproux, Charles, *Ecrits sur les troubadours*, Tome I, Occitania, Casternau-Le-Lez, 1984.

Cholakian, Bouben C., *The troubadour lyric : a psychoritical reading*, Manchester Univ. Press, 1989.

Cohen, Gustave, *Tableau de la littérature française médiévale*, Richard-Masse, Editeurs, 1950.

Cropp, Glynnis M., *Le vocabulaire courtois des troubadours de l'époque classique*, Droz, Genève, 1975.

Dupuy, Audré, *Histoire chronologique de la Civilisation occitane*, Tome I, Saint-Cristol, 1980.

Gaunt, Simon, *Troubadours and Irony*, Cambridge Univ. Press, 1981.

Hamlin, F.R., Ricketts, P.T., Hathawat, J., *Introduction à l'Etude de l'Ancien Provençal*, Genève, Droz, 1967.

Hill, R.T. and Bergin, T.G., *Anthology of the Provençal Troubadours*, vols. 1, 2, New Haven and London, Yale Univ. Press, 1973.

Hœpffner, Ernest, *Les Troubadours*, Collection Armand Colin, 1955.

Jeanroy, Alfred, *La Poésie lyrique des Troubadours*, Tome II, Toulouse, E. Privat, Paris, H. Didier, 1934.

Jeanroy, Alfred, *Les Chansons de Guillaume IX, Duc d'Aquitaine*, Honoré Champion, Paris, 1972.
Jeanroy, Alfred, *Histoire sommaire de la Poésie occitane des origines à la fin du XVIIIe siècle*, Slatkine Reprint, Genève, 1973.
Kay, Sarah, *Subjectivity in Troubadour poetry*, Cambridge Univ. Press, 1990.
Kendrick, Laura, *The Game of Love - Troubadour Wordplay*, Univ. of California Press, 1988.
Lafont, R. et Anatole, Ch., *Nouvelle Histoire de la Littérature occitane*, Tome I, Presse Universitaire de France, Paris, 1970.
Lafont, Robert, *TROBAR, XIIe-XIIIe siècles*, Centre d'Etude Occitane, Université de Montpellier III, 1972.
Lefèvre, Yves, *Histoire mondiale de la France - La femme au moyen âge en France, dans la vie littéraire et spirituelle*, Nouvelle Librairie de France, Paris.
Lejeune, Rita, *La Femme dans les littératures française et occitane du XIe au XIIIe siècle - Cahiers de civilisation médiévale* (X^{e}-XIIe siècle, XXe Année N°2-3 Avril-Septembre 1977).
Markale, Jean, *Aliénor d'Aquitaine*, Payot, Paris, 1979.
Marrou, Henri-Irénée, *Les Troubadours*, Ed. du Seuil, Paris, 1971.
Moore, John C., *Love in Twelfth-Century France*, Univ. of Pensylvania Press, Philadelphia, 1972.
Nelli, René, *Troubadours et trouvères*, Hachette, 1979.
Nelli, René, *L'Erotique des Troubadours*, Edouard Privat, Toulouse, 1963.
Nelli, R. et Lavaud, R., *Les Troubadours II*, Desclée de Brouwer, 1966.
Nouvel, Alain, *L'Occitan - langue de civilisation européenne* (Collection《Connaissance de l'Occitanie》2), 1977.
Paterson, Linda M., *The world of the Troubadours, Medieval Occitan society*, c.1100 - c.1300, Cambridge Univ. Press, 1993.
Payen, Jean-Charles, *Le Prince d'Aquitaine, Essai sur Guillaume IX, son oeuvre et son érotique*, Honoré Champion, Paris, 1980.
Pernoud, Régine, *Aliénor d'Aquitaine*, Albin Michel, Paris, 1965.

Picot, Guillaume, *La Poésie lyrique au moyen âge*, Tome I, Librairie Larousse, 1975.
Riquer, Martin de, *Los Trovadores*, Tomo I, Editorial Planeta, Barcelona, 1975.
Sabatier, Robert, *Histoire de la Poésie française - La Poésie du Moyen Age*, Albin Michel, Paris, 1975.
Topsfield, L.T., *Troubadours and Love*, Cambridge Univ. Press, 1975.
Van Vleck, Amelia E., *Memory and Re-Creation in Troubadour Lyric*, Univ. of California Press, 1991.
Zumthor, Paul, *Histoire littéraire de la France médiévale* (*VI*^{e}-*XIV*^{e} *siècle*), Slatkine Reprint, Genève, 1973.

石井美樹子著『王妃エレアノール』（平凡社）一九八八
桐生操著『王妃アリエノール・ダキテーヌ』（新書館）一九八八
T・J・ゴートン著　谷口勇訳『アラブとトルバドゥール』（芸立出版）一九八二
ジョルジュ・デュビー著　篠田勝英訳『中世の結婚―騎士・女性・司祭―』（新評論）一九八四
セシル・モリソン著　橋口倫介訳『十字軍の研究』（白水社）一九七七
橋口倫介著『十字軍』（岩波新書）一九七四
アンリ・ダヴァンソン著　新倉俊一訳『トルバドゥール』（筑摩書房）一九七二
田部重治著『中世ヨーロッパ文学史』（法政大学出版局）一九六六

あとがき——私と南フランス——

戦後の教育改革で新制大学になった大阪外国語大学フランス語学科を卒業して、私が最初に勤めたのは大阪の御堂筋にあった外国雑誌・定期刊行物や洋書を専門とする書店であった。同じ新入社員の中に文壇にデビュー前の開高　健氏もいた。私は予約係という仕事を与えられたが一年半ほどで退社し、フランス語教師を目指して九州大学大学院修士課程に入学した。二年の課程を無事修了すればすぐに教師の口は見つかるだろうと思っていたが、世間はそれほど甘くはなかった。それ以上学業は続けられず自活せねばならない状況にあったので、意を決して東京へ出た。当時東京の出版社二社が新刊の仏和辞典の編集作業を進めていた。大学の恩師の紹介で、一年足らずであったがそれぞれの作業チームに仲間入りさせてもらった。その後翻訳係として、神戸の帝国酸素（日仏合弁で旧社名）に六年近く、東京の在日フランス大使館経済部に五年間在職した。年来の教師希望は一九六九年に福岡大学から人文学部増設に伴うお招きがあって、ようやく叶えられた。四十歳の春であった。

大学の教師になると、学生への授業のほかに自分の自由研究という仕事がある。修士論文は語学関係のものにした。それ以後十年余りの職場もずっとフランス語関係の仕事であったが、研究には縁遠いものだった。しかしこれから研究するとなると、対象を中世南仏文学に決めるのに迷いはなかった。私がこの文学の担い手だった〈トルバドゥール〉と総称される詩人たちに興味を抱いたのは大阪の大学時代で、卒論もそれをテーマにしたのだが、それ以来「中世南仏文学とトルバドゥールたち」の問題は未解決のまま心の片隅に取り残されていたのである。結局十六、七年前に一度勉強しかけていたのを改めて詳しく調べ直すということになったが、これは我が国ではまだ研究者もごく少ない特異な分野だから、出遅れて研究を始めようとしている自分には、恰好の対象だとも思われたのである。

私には特に学生時代の頃までは、生まれも育ちも高知ではないが、両親とも〈南国土佐〉の出であったから自分は土佐人だ、という思い込みがあった。私の出生地は福岡県内だが、物心がつくかつかないうちに一家は広島県南西部の山口県との県境にある町に引っ越し、大学に進学するまでその地で幼年期と少年期を過ごした。ただ家庭内では、毎日両親が口にする土佐弁を聞かされ、また近くには土佐出身の従業員の多い製紙工場があってその人たちの出入りもあり、どことなく土佐的雰囲気が漂っていた。それに私も中学生の頃からほとんど毎年夏休みには、高知県中部の土佐湾に臨んだ村にあった母の実家に行って、何日か過ごすのが常であった。その家を、まだ健在だった祖母が、日露戦争で夫を亡くし寡婦となってからずっと一人で守り続けていたのである。このようなこともあって、大学でフランス語を専攻しフランス文学に接するようになると南フランスにこだわり、アルフォンス・ドーデ、アンリ・ボスコ、マルセル・パニョルなど南仏生まれの作家たちに好みが傾いて、彼らの作品を探し出しては郷愁に似た親近感を覚えながら読んでいた。しかし同じ南フランスでも十二、三世紀の中世にさかのぼると、南仏方言のオック語による詩歌を吟じながら宮廷から宮廷へ、町から町へと各地を巡り歩いていたトルバドゥールたちがいたことを知り、私の関心はむしろ近世の作家たちよりも、これら中世の詩人たちの方へロマンの世界を思い描いて、引き寄せられていたのである。

こうして本格的に中世南仏文学と向き合ってから三十数年、一九七〇年から二〇〇八年までの間に、関連のある小論を分割して四十回、福岡大学人文論叢に掲載させていただいた。この度一冊の書としてまとめ出版することにした『アキテーヌ公 ギヨーム九世』は一九九一年から一九九七年にかけて発行の同論叢に、五回にわたり掲載されたものである。本書の基となった初出論文は以下のとおりである。

アキテーヌ公ギヨーム九世（一）　福岡大学人文論叢　第二十三巻第二号　一九九一
アキテーヌ公ギヨーム九世（二）　福岡大学人文論叢　第二十四巻第三号　一九九二
アキテーヌ公ギヨーム九世（三）　福岡大学人文論叢　第二十六巻第二号　一九九四
アキテーヌ公ギヨーム九世（四）　福岡大学人文論叢　第二十八巻第三号　一九九六
アキテーヌ公ギヨーム九世（五）　福岡大学人文論叢　第二十九巻第四号　一九九七

また、以下の論文も同様に本書の基となった。

中世南仏詩における〈アムール〉について　福岡大学人文論叢　第二巻第一号　一九七〇
トルバドゥールと政治諷刺　福岡大学人文論叢　第二巻第四号　一九七一
トルバドゥールにおける〈愛〉の系譜　福岡大学人文論叢　第五巻第一号　一九七三
トルバドゥールの伝記（一）　福岡大学人文論叢　第七巻第四号　一九七六
オクシタニー言語事情　福岡大学人文論叢　第十四巻第三号　一九八二

中世南仏文学は〈トルバドゥール文学〉とも言われるが、ギヨーム九世は今日まで知られている最古のトルバドゥールとして、この独自な文学で先駆的な役割を演じた人物である。この小著の冒頭でも述べたように、ギヨーム九世以前に先達となる詩人たちがいたことは間違いないだろう。このギヨームの場合、彼の詩作品のみならずその生涯の事跡や性格などのことまで今に知られているのは、その時代彼がヨーロッパ随一の大領主であり、最も重要な人物の一人であったためというのが、後世の批評家たちの一致した見方である。とにかく、並の人物でなかったことは十分推測がつく。せめて本書がその一面でも知るための、よすがともなれば幸いである。

最後に、この小著の出版にあたっては、九州大学の西岡範明名誉教授、福岡大学の毛利　潔教授と同大学研究推進部の御厨　武氏、並びにこれを引き受けていただいた九州大学出版会編集部の永山俊二部長と奥野有希さんほかの方々には、何かとご面倒をかけ大変お世話になった。この際、改めて厚く御礼を申し上げておきたい。

中内克昌

二〇〇九年七月

著者紹介

中内克昌（なかうち　かつまさ）

1928年，福岡県に生まれる。1953年，大阪外国語大学フランス語学科卒業。1957年，九州大学大学院文学研究科修士課程修了。以後約10年間，フランス系酸素会社，在日フランス大使館で実務（翻訳担当）に携わる。1969年から35年間福岡大学に在職。現在，同大学名誉教授。

アキテーヌ公《こう》 ギヨーム九世《きゅうせい》

―― 最古のトルバドゥールの人と作品 ――

2009年9月20日　初版発行

著　者　中　内　克　昌

発行者　五十川　直　行

発行所　㈶九州大学出版会

〒812-0053　福岡市東区箱崎7-1-146
九州大学構内
電話　092-641-0515（直通）
振替　01710-6-3677

印刷／城島印刷㈱　製本／篠原製本㈱

ISBN 978-4-87378-996-5